民国文学名家精选集

沈从文精选集

齊鲁書社

“民国文学名家精选集”丛书

沈从文

1929年夏，沈从文上海留影

1959 年 10 月，在博物馆作讲解员的沈从文

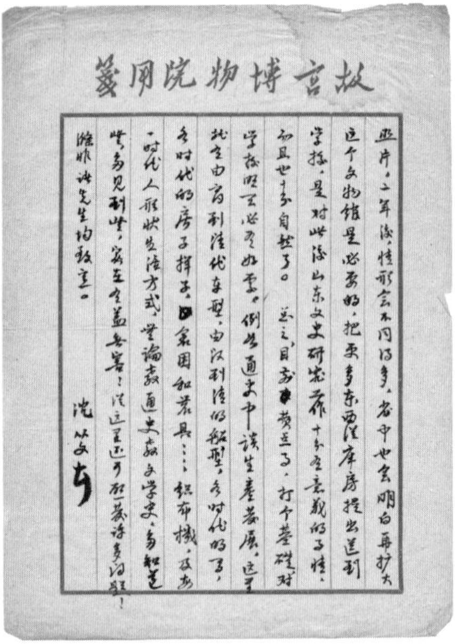

故宫博物院用笺

照片，二年后，情形会不同得多，省中也会明白再扩大这个文物馆是必要的，把更多东西从库房提出送到学校，是对此后山东文史研究有十分重大意义的事情，而且也十分自然了。总之，目前着急建了，打个基础，对学校既至必要如需。例如通史中谈生产发展，这些就全由商到汉代车型，由汉到清的船型，各时代的弓，各时代的房子样子，田园和农具……织布机，及各一时代人形状生活方式，无论教通史教文学史，多知道些，多见到些，实在有益无害；从这里还可能发现许多问题！

启明诸先生均致意。

沈从文

沈从文晚年书信手迹

目 录

辑一　小说

辑二　散文

辑三　文论

辑四　书信

辑一 小说

1922年，青年沈从文

边 城（节选）

一

由四川过湖南去，靠东有一条官路。这官路将近湘西边境到了一个地方名为“茶峒”的小山城时，有一小溪，溪边有座白色小塔，塔下住了一户单独的人家。这人家只一个老人，一个女孩子，一只黄狗。

小溪流下去，绕山岨流，约三里便汇入茶峒的大河。人若过溪越小山走去，则只一里路就到了茶峒城边。溪流如弓背，山路如弓弦，故远近有了小小差异。小溪宽约廿丈，河床为大片石头作成。静静的水即或深到一篙不能落底，却依然清澈透明，河中游鱼来去皆可以计数。小溪既为川湘来往孔道，水常有涨落，限于财力不能搭桥，就安排了一只方头渡船。这渡船一次连人带马，约可以载二十位搭客过河，人数多时则反复来去。渡船头竖了一枝小小竹竿，挂着一个可以活动的铁环，溪岸两端水面牵了一段废缆，有人过渡时，把铁环挂在废缆上，船上人就引手攀缘那条缆索，慢慢的牵船过对岸去。船将拢岸时，管理这渡船的，一面口中嚷着“慢点慢点”，自己霍的跃上了岸，拉着铁环，于是人货牛马全上了岸，翻过小山不见了。渡头为公家所有，故过渡人不必出钱。有人心中不安，抓了一把钱掷到船板上时，管渡船的必为一一拾起，依然塞到那人手心里去，俨然吵嘴时的认真神气："我有了口粮，三斗米，七百钱，够了。谁要这个！"

但不成，凡事求个心安理得，出气力不受酬谁好意思，不管如何还是有人把钱的。管船人却情不过，也为了心安起见，便把这些钱托人到茶峒去买茶叶和草烟，将茶峒出产的上等草烟，一扎一扎挂在自己腰带边，过渡的谁需要这东西必慷慨奉赠。有时从神气上估计那远路人对于身边草烟引起了相当的注意时，这弄渡船的便把一小束草烟扎到那人包袱上去，一面说，"大哥，不吸这个吗？这好的，这妙的，看样子不成材，巴掌大叶子味道蛮好，送人也合式！"茶叶则在六月里放进大缸里去，用开水泡好，给过路人解渴。

管理这渡船的，就是住在塔下的那个老人。活了七十年，从二十岁起便守在这小溪边，五十年来不知把船来去渡了若干人。年纪虽那么老了，骨头硬硬的，本来应当休息了，但天不许他休息，他仿佛便不能够同这一分生活离开。他从不思索自己的职务对于本人的意义，只是静静的很忠实的在那里活下去。代替了天，使他在日头升起时，感到生活的力量，当日头落下时，又不至于思量与日头同时死去的，是那个伴在他身旁的女孩子。他唯一的朋友为一只渡船和一只黄狗，唯一的亲人便只那个女孩子。

女孩子的母亲，老船夫的独生女，十五年前同一个茶峒军人唱歌相熟后，很秘密的背着那忠厚爸爸发生了暧昧关系。有了小孩子后，这屯戍军士便想约了她一同向下游逃去。但从逃走的行为上看来，一个违悖了军人的责任，一个却必得离开孤独的父亲。经过一番考虑后，屯戍兵见她无远走勇气，自己也不便毁去作军人的名誉，就心想：一同去生既无法聚首，一同去死应当无人可以阻拦，首先服了毒。女的却关心腹中的一块肉，不忍心，拿不出主张。事情业已为作渡船夫的父亲知道，父亲却不加上一个有分量的字眼儿，只作为并不听到过这事情一样，仍然把日子很平静的过下去。女儿一面怀了羞惭，一面却怀了怜悯，依旧守在父亲身边。待到腹中小孩生下后，却到溪边吃了许多冷水死去了。在一种近于奇迹中，这遗孤居然已长大成人，一转眼间便十三岁了。为了住处两山多篁竹，翠色逼人而来，老船夫随便给这个可怜的孤雏拾取了一个近身的名字，叫作“翠翠”。

翠翠在风日里长养着，把皮肤变得黑黑的，触目为青山绿水，故眸子清明如水晶。自然既长养她且教育她，为人天真活泼，处处俨然如一只小兽物。人又那么乖，如山头黄麂一样，从不想到残忍事情，从不发愁，从不动气。平时在渡船上遇陌生人对她有所注意时，便把光光的眼睛瞅着那陌生人，作成随时皆可举步逃入深山的神气，但明白了面前的人无机心后，就又从从容容的在水边玩耍了。

老船夫不论晴雨，必守在船头。有人过渡时，便略弯着腰，两手缘引了竹缆，把船横渡过小溪。有时疲倦了，躺在临溪大石上睡着了，人在隔岸招手喊过渡，翠翠不让祖父起身，就跳下船去，很敏捷的替祖父把路人渡过溪，一切皆溜刷在行，从不误事。有时又与祖父黄狗一同在船上，过渡时与祖父一同动手牵缆索。船将近岸边，祖父正向客人招呼：“慢点，慢点”时，那只黄狗便口衔绳子，最先一跃而上，且俨然懂得如何方为尽职似的，把船绳紧衔着拖船拢岸。

风日清和的天气，无人过渡，镇日长闲，祖父同翠翠便坐在门前大岩石上晒太阳。或把一段木头从高处向水中抛去，嗾使身边黄狗从岩石高处跃下，把木头衔回来。或翠翠与黄狗皆张着耳朵，听祖父说些城中多年以前的战争故事。或祖父同翠翠两人，各把小竹作成的竖笛，逗在嘴边吹着迎亲送女的曲子。过渡人来了，老船夫放下了竹管，独自跟到船边去，横溪渡人，在岩上的一个，见船开动时，于是锐声喊着：

“爷爷，爷爷，你听我吹——你唱！”

爷爷到溪中央便很快乐的唱起来，哑哑的声音同竹管声振荡在寂静空气里，溪中仿佛也热闹了一些。实则歌声的来复，反而使一切更寂静。

有时过渡的是从川东过茶峒的小牛，是羊群，是新娘子的花轿，翠翠必争着作渡船夫，站在船头，懒懒的攀引缆索，让船缓缓的过去。牛羊花轿上岸后，翠翠必跟着走，送队伍上山，站到小山头，目送这些东西走去很远了，方回转船上，把船牵靠近家的岸边。且独自低低的学小羊叫着，学母牛叫着，或采一把野花缚在头上，独自装扮新娘子。

茶峒山城只隔渡头一里路，买油买盐时，逢年过节祖父得喝一杯酒时，祖父不上城，黄狗就伴同翠翠入城里去备办东西。到了卖杂货的铺子里，有大把的粉条，大缸的白糖，有炮仗，有红蜡烛，莫不给翠翠很深的印象，回到祖父身边，总把这些东西说个半天。那里河边还有许多上行船，百十船夫忙着起卸百货。这种船只比起渡船来全大得多，有趣味得多，翠翠也不容易忘记。

二

茶峒地方凭水依山筑城，近山的一面，城墙俨然如一条长蛇，缘山爬去。临水一面则在城外河边留出余地设码头，湾泊小小篷船。船下行时运桐油、青盐、染色的五棓子。上行则运棉花、棉纱以及布匹、杂货同海味。贯串各个码头有一条河街，人家房子多一半着陆，一半在水，因为余地有限，那些房子莫不设有吊脚楼。河中涨了春水，到水脚逐渐进街后，河街上人家，便各用长长的梯子，一端搭在自家屋檐口，一端搭在城墙上，人人皆骂着嚷着，带了包袱、铺盖、米缸，从梯子上进城里去，等待水退时，方又从城门口出城。某一年水若来得特别猛一些，沿河吊脚楼必有一处两处为大水冲去，大家皆在城上头呆望。受损失的也同样呆望着，对于所受的损失仿佛无话可说，与在自然安排下，眼见其他无可挽救的不幸来时相似。涨水时在城上还可望着骤然展宽的河面，流水浩浩荡荡，随同山水从上流浮沉而来的有房子、牛、羊、大树。于是在水势较缓处，税关趸船前面，便常常有人驾了小舢板，一见河心浮沉而来的是一匹牲畜，一段小木，或一只空船，船上有一个妇人或一个小孩哭喊的声音，便急急的把船桨去，在下游一些迎着了那个目的物，把它用长绳系定，再向岸边桨去。这些诚实勇敢的人，也爱利，也仗义，同一般当地人相似。不拘救人救物，却同样在一种愉快冒险行为中，做得十分敏捷勇敢，使人见及不能不为之喝彩。

那条河水便是历史上知名的酉水，新名字叫作白河。白河到辰州与沅水汇流后，便略显浑浊，有出山泉水的意思。若溯流而上，则三丈五丈的深潭皆清澈见底。深潭中为白日所映照，河底小小白石子，有花纹的玛瑙石子，全看得明明白白。水中游鱼来去，全如浮在空气里。两岸多高山，山中多可以造纸的细竹，长年作深翠颜色，迫人眼目。近水人家多在桃杏花里，春天时只需注意，凡有桃花处必有人家，凡有人家处必可沽酒。夏天则晒晾在日光下耀目的紫花布衣袴，可以作为人家所在的旗帜。秋冬来时，人家房屋在悬崖上的，滨水的，无不朗然入目。黄泥的墙，乌黑的瓦，位置却永远那么妥贴，且与四围环境极其调和，使人迎面得到的印象，实在非常愉快。一个对于诗歌图画稍有兴味的旅客，在这小河中，蜷伏于一只小船上，作三十天的旅行，必不至于感到厌烦。正因为处处有奇迹可以发现，自然的大胆处与精巧处，无一地一时不使人神往倾心。

白河的源流，从四川边境而来，从白河上行的小船，春水发时可以直达川属的秀山。但属于湖南境界的，茶峒算是最后一个水码头。这条河水的河面，在茶峒时虽宽约半里，当秋冬之际水落时，河床流水处还不到二十丈，其余只是一滩青石。小船到此后，既无从上行，故凡川东的进出口货物，皆从这地方落水起岸。出口货物俱由脚夫用桑木扁担压在肩膊上挑抬而来，入口货物也莫不从这地方成束成担的用人力搬去。

这地方城中只驻扎一营由昔年绿营屯丁改编而成的戍兵，及五百家左右的住户。（这些住户中，除了一部分拥有了些山田同油坊，或放账屯油、屯米、屯棉纱的小资本家外，其余多数皆为当年屯戍来此有军籍的人家。）地方还有个厘金局，办事机关在城外河街下面小庙里，经常挂着一面长长的幡信。局长则住在城中。一营兵士驻扎老参将衙门，除了号兵每天上城吹号玩，使人知道这里还驻有军队以外，其余兵士皆仿佛并不存在。冬天的白日里，到城里去，便只见各处人家门前皆晾晒有衣服同青菜。红薯多带藤悬挂在屋檐下。用棕衣作成的口袋，装满了栗子、榛子和其他硬壳果，也多悬挂在屋檐下。屋角隅各处有大小鸡叫着玩着。间或有什么男子，占据在自己屋前门限上锯木，或用斧头劈树，把劈好的柴堆到敞坪里去如一座一座宝塔。又或可以见到几个中年妇人，穿了浆洗得极硬的蓝布衣裳，胸前挂有白布扣花围裙，躬着腰在日光下一面说话一面作事。一切总永远那么静寂，所有人民每个日子皆在这种不可形容的单纯寂寞里过去。一分安静增加了人对于“人事”的思索力，增加了梦。在这小城中生存的，各人自然也一定皆各在分定一份日子里，怀了对于人事爱憎必然的期待。但这些人想些什么？谁知道。住在城中较高处，门前一站便可以眺望对河以及河中的景致，船来时，远远的就从对河滩上看着无数纤夫。那些纤夫也有从下游地方，带了细点心洋糖之类，拢岸时却拿进城中来换钱的。船来时，小孩子的想象，应当在那些拉船人一方面。大人呢，孵一窠小鸡，养两只猪，托下行船夫打副金耳环，带两丈官青布，或一坛好酱油，一个双料的美孚灯罩回来，便占去了大部分作主妇的心了。

这小城里虽那么安静和平，但地方既为川东商业交易接头处，故城外小小河街，情形却不同了一点。也有商人落脚的客店，坐镇不动的理发馆。此外饭店、杂货铺、油行、盐栈、花衣庄，莫不各有一种地位，装点了这条河街。还有卖船上用的檀木活车、竹缆与锅罐铺子，介绍水手职业吃码头饭的人家。小饭店门前长案上，常有煎得焦黄的鲤鱼豆腐，身上装饰了红辣椒丝，卧在浅口钵头里。钵旁大竹筒中插着大把朱红筷子，不拘谁个愿意花点钱，这人就可以傍了门前长案坐下来，抽出一双筷子捏到手上，那边一个眉毛扯得极细脸上擦了白粉的妇人，就走过来问："大哥，副爷，要甜酒？要烧酒？"男子火焰高一点的，谐趣的，对内掌柜有点意思的，必故意装成生气似的说："吃甜酒？又不是小孩子，还问人吃甜酒！”那么，酽冽的烧酒，从大瓮里用木滤子舀出，倒进土碗里，即刻就来到身边案桌上了。这烧酒自然是浓而且香的，能醉倒一个汉子的，所以照例也不会多吃。杂货铺卖美孚油，及点美孚油的洋灯与香烛纸张。油行屯桐油。盐栈堆四川火井出的青盐。花衣庄则有白棉纱、大布、棉花以及包头的黑绉绸出卖。卖船上用物的，百物罗列，无所不备，且间或有重至百斤以外的铁锚，搁在门外路旁，等候主顾问价的。专以介绍水手为事业，吃水码头饭的，在河街的家中，终日大门敞开着，常有穿青羽缎马褂的船主与毛手毛脚的水手进出，地方像茶馆却不卖茶，不是烟馆又可以抽烟。来到这里的，虽说所谈的是船上生意经，然而船只的上下，划船拉纤人大都有一定规矩，不必作数目上的讨论。他们来到这里大多数倒是在“联欢”。以“龙头管事”作中心，谈论点本地时事，两省商务上情形，以及下游的“新闻”。邀会的，集款时大多数皆在此地；扒骰子看点数多少轮作会首时，也常常在此举行。真真成为他们生意经的，有两件事：买卖船只，买卖媳妇。

大都市随了商务发达而产生的某种寄食者，因为商人的需要，水手的需要，这小小边城的河街，也居然有那么一群人，聚集在一些有吊脚楼的人家。这种小妇人不是从附近乡下弄来，便是随同川军来湘流落后的妇人。穿了假洋绸的衣服，印花标布的裤子，把眉毛扯得成一条细线，大大的发髻上敷了香味极浓俗的油类。白日里无事，就坐在门口做鞋子，在鞋尖上用红绿丝线挑绣双凤，或为情人水手挑绣花抱兜，一面看过往行人，消磨长日。或靠在临河窗口上看水手起货，听水手爬桅子唱歌。到了晚间，则轮流的接待商人同水手，切切实实尽一个妓女应尽的义务。

由于边地的风俗淳朴，便是作妓女，也永远那么浑厚，遇不相熟的主顾，做生意时得先交钱，再关门撒野。人既相熟后，钱便在可有可无之间了。妓女多靠四川商人维持生活，但恩情所结，则多在水手方面。感情好的，别离时互相咬着嘴唇咬着颈脖发了誓，约好了“分手后各人皆不许胡闹”；四十天或五十天，在船上浮着的那一个，同在岸上蹲着的这一个，便皆呆着打发这一堆日子，尽把自己的心紧紧缚定远远的一个人。尤其是妇人，感情真挚痴到无可形容，男子过了约定时间不回来，做梦时，就总常常梦船拢了岸，那一个人摇摇荡荡的从船跳板到了岸上，直向身边跑来。或日中有了疑心，则梦里必见那个男子在桅上向另一方面唱歌，却不理会自己。性格弱一点儿的，接着就在梦里投河吞鸦片烟，性格强一点儿的，便手执菜刀，直向那水手奔去。他们生活虽那么同一般社会疏远，但是眼泪与欢乐，在一种爱憎得失间，揉进了这些人生活里时，也便同另外一片土地另外一些年轻生命相似，全个身心为那点爱憎所浸透，见寒作热，忘了一切。若有多少不同处，不过是这些人更真切一点，也更近于糊涂一点罢了。短期的包定，长期的嫁娶，一时间的关门，这些关于一个女人身体上的交易，由于民情的淳朴，身当其事的不觉得如何下流可耻，旁观者也就从不用读书人的观念，加以指摘与轻视。这些人既重义轻利，又能守信自约，即便是娼妓，也常常较之讲道德知羞耻的城市中人还更可信任。

掌水码头的名叫顺顺，一个前清时便在营伍中混过日子来的人物，革命时在著名的陆军四十九标做个什长。同样做什长的，有因革命成了伟人名人的，有杀头碎尸的，他却带着少年喜事得来的脚疯痛，回到了家乡，把所积蓄的一点钱，买了一条六桨白木船，租给一个穷船主，代人装货在茶峒与辰州之间来往。气运好，半年之内船不坏事，于是他从所赚的钱上，又讨了一个略有产业的白脸黑发小寡妇。数年后，在这条河上，他就有了八只船，一个妻子，两个儿子了。

但这个大方洒脱的人，事业虽十分顺手，却因欢喜交朋结友，慷慨而又能济人之急，便不能同贩油商人一样大大发作起来。自己既在粮子里混过日子，明白出门人的甘苦，理解失意人的心情，故凡因船只失事破产的船家，过路的退伍兵士，游学文墨人，凡到了这个地方，闻名求助的，莫不尽力帮助。一面从水上赚来钱，一面就这样洒脱散去。这人虽然脚上有点小毛病，还能泅水；走路难得其平，为人却那么公正无私。水面上各事原本极其简单，一切皆为一个习惯所支配，谁个船碰了头，谁个船妨害了别一个人别一只船的利益，皆照例有习惯方法来解决。惟运用这种习惯规矩排调一切的，必需一个高年硕德的中心人物。某年秋天，那原来执事人死去了，顺顺作了这样一个代替者。那时他还只五十岁，为人既明事明理，正直和平，又不爱财，故无人对他年龄怀疑。

到如今，他的儿子大的已十八岁，小的已十六岁。两个年青人皆结实如小公牛，能驾船，能泅水，能走长路。凡从小乡城里出身的年青人所能够作的事，他们无一不作，作去无一不精。年纪较长的，如他们爸爸一样，豪放豁达，不拘常套小节。年幼的则气质近于那个白脸黑发的母亲，不爱说话，眼眉却秀拔出群，一望即知其为人聪明而又富于感情。

两兄弟既年已长大，必需在各一种生活上来训练他们的人格，作父亲的就轮流派遣两个小孩子各处旅行。向下行船时，多随了自己的船只充伙计，甘苦与人相共。荡桨时选最重的一把，背纤时拉头纤二纤，吃的是干鱼，辣子，臭酸菜，睡的是硬帮帮的舱板。向上行从旱路走去，则跟了川东客货，过秀山、龙潭、酉阳作生意，不论寒暑雨雪，必穿了草鞋按站赶路。且佩了短刀，遇不得已必需动手，便霍的把刀抽出，站到空阔处去，等候对面的一个，继着就同这个人用肉搏来解决。帮里的风气，既为“对付仇敌必需用刀，联结朋友也必需用刀”，故需要刀时，他们也就从不让它失去那点机会。学贸易，学应酬，学习到一个新地方去生活，且学习用刀保护身体同名誉，教育的目的，似乎在使两个孩子学得做人的勇气与义气。一分教育的结果，弄得两个人皆结实如老虎，却又和气亲人，不骄惰，不浮华，不倚势凌人。故父子三人在茶峒边境上为人所提及时，人人对这个名姓无不加以一种尊敬。

作父亲的当两个儿子很小时，就明白大儿子一切与自己相似，却稍稍见得溺爱那第二个儿子。由于这点不自觉的私心，他把长子取名天保，次子取名傩送。意思是天保佑的在人事上或不免有龃龉处，至于傩神所送来的，照当地习气，人便不能稍加轻视了。傩送美丽得很，茶峒船家人拙于赞扬这种美丽，只知道为他取出一个诨名为“岳云”。虽无什么人亲眼看到过岳云，一般的印象，却从戏台上小生岳云，得来一个相近的神气。

三

两省接壤处，十余年来主持地方军事的，注重在安辑保守，处置极其得法，并无变故发生。水陆商务既不至于受战争停顿，也不至于为土匪影响，一切莫不极有秩序，人民也莫不安分乐生。这些人，除了家中死了牛，翻了船，或发生别的死亡大变，为一种不幸所绊倒，觉得十分伤心外，中国其他地方正在如何不幸挣扎中的情形，似乎就永远不会为这边城人民所感到。

边城所在一年中最热闹的日子，是端午、中秋与过年。三个节日过去三五十年前，如何兴奋了这地方人，直到现在，还毫无什么变化，仍是那地方居民最有意义的几个日子。

端午日，当地妇女小孩子，莫不穿了新衣，额角上用雄黄蘸酒画了个王字。任何人家到了这天必可以吃鱼吃肉。大约上午十一点钟左右，全茶峒人就吃了午饭，把饭吃过后，在城里住家的，莫不倒锁了门，全家出城到河边看划船。河街有熟人的，可到河街吊脚楼门口边看，不然就站在税关门口与各个码头上看。河中龙船以长潭某处作起点，税关前作终点作比赛竞争。因为这一天军官、税官以及当地有身分的人，莫不在税关前看热闹。划船的事各人在数天以前就早有了准备，分组分帮，各自选出了若干身体结实手脚伶俐的小伙子，在潭中练习进退。船只的形式，与平常木船大不相同，形体一律又长又狭，两头高高翘起，船身绘着朱红颜色长线，平常时节多搁在河边干燥洞穴里，要用它时，拖下水去。每只船可坐十二个到十八个桨手，一个带头的，一个鼓手，一个锣手。桨手每人持一支短桨，随了鼓声缓促为节拍，把船向前划去。带头的坐在船头上，头上缠裹着红布包头，手上拿两枝小令旗，左右挥动，指挥船只的进退。擂鼓打锣的，多坐在船只的中部，船一划动便即刻蓬蓬铛铛把锣鼓很单纯的敲打起来，为划桨水手调理下桨节拍。一船快慢既不得不靠鼓声，故每当两船竞赛到剧烈时，鼓声如雷鸣，加上两岸人呐喊助威，便使人想起小说故事上梁红玉老鹳河时水战擂鼓，牛皋水擒杨幺时也是水战擂鼓。凡把船划到前面一点的，必可在税关前领赏。一匹红，一块小银牌，不拘缠挂到船上某一个人头上去，皆显出这一船合作的光荣。好事的军人，且当每次某一只船胜利时，必在水边放些表示胜利庆祝的五百响鞭炮。

赛船过后，城中的戍军长官，为了与民同乐，增加这节日的愉快起见，便把绿头长颈大雄鸭，颈膊上缚了红布条子，放入河中，尽善于泅水的军民人等，下水追赶鸭子。

不拘谁把鸭子捉到，谁就成为这鸭子的主人。于是长潭换了新的花样，水面各处是鸭子，同时各处有追赶鸭子的人。

船与船的竞赛，人与鸭子的竞赛，直到天晚方能完事。

掌水码头的龙头大哥顺顺，年青时节便是一个泅水的高手，入水中去追逐鸭子，在任何情形下总不落空。但一到次子傩送年过十二岁时，已能入水闭气汆着到鸭子身边，再忽然冒水而出，把鸭子捉到，这作爸爸的便解嘲似的说向孩子们说："好，这种事你们来作，我不必再下水了。"于是当真就不下水与人来竞争捉鸭子。但下水救人呢，当作别论。凡帮助人远离患难，便是入火，人到八十岁，也还是成为这个人一种不可逃避的责任！

天保傩送两人皆是当地泅水划船好选手。

端午又快来了，初五划船，河街上初一开会，就决定了属于河街的那只船当天入水。天保恰好在那天应向上行，随了陆路商人过川东龙潭送节货，故参加的就只傩送。十六个结实如牛犊的小伙子，带了香烛、鞭炮、同一个用生牛皮蒙好绘有朱红太极图的高脚鼓，到了搁船的河上游山洞边，烧了香烛，把船拖入水后，各人上了船，燃着鞭炮，擂着鼓，这船便如一枝箭似的，很迅速的向下游长潭射去。

那时节还是上午，到了午后，对河渔人的龙船也下了水，两只龙船就开始预习种种竞赛的方法。水面上第一次听到了鼓声，许多人从这鼓声中，感到了节日临近的欢悦。住临河吊脚楼对远方人有所等待，有所盼望的，也莫不因鼓声想到远人。在这个节日里，必然有许多船只可以赶回，也有许多船只只合在半路过节，这之间，便有些眼目所难见的人事哀乐，在这小山城河街间，让一些人嬉喜，也让一些人皱眉。

蓬蓬鼓声掠水越山到了渡船头那里时，最先注意到的是那只黄狗。那黄狗汪汪的吠着，受了惊似的绕屋乱走，有人过渡时，便随船渡过河东岸去，且跑到那小山头向城里一方面大吠。

翠翠正坐在门外大石上用棕叶编蚱蜢蜈蚣玩，见黄狗先在太阳下睡着，忽然醒来便发疯似的乱跑，过了河又回来，就问它骂它：

“狗，狗，你做什么！不许这样子！”

可是一会儿，那声音被她发现了，她于是也绕屋跑着，且同黄狗一块儿渡过了小溪，站在小山头听了许久，让那点迷人的鼓声，把自己带到一个过去的节日里去。

四

还是两年前的事。五月端阳，渡船头祖父找人作了代替，便带了黄狗同翠翠进城，过大河边去看划船。河边站满了人，四只朱色长船在潭中滑着，龙船水刚刚涨过，河中水皆豆绿色，天气又那么明朗，鼓声蓬蓬响着，翠翠抿着嘴一句话不说，心中充满了不可言说的快乐。河边人太多了一点，各人皆尽张着眼睛望河中，不多久，黄狗还留在身边，祖父却挤得不见了。

翠翠一面注意划船，一面心想“过不久祖父总会找来的”。但过了许久，祖父还不来，翠翠便稍稍有点儿着慌了。先是两人同黄狗进城前一天，祖父就问翠翠：“明天城里划船，倘若一个人去看，人多怕不怕？”翠翠就说：“人多我不怕，但自己只是一个人可不好玩。”于是祖父想了半天，方想起一个住在城中的老熟人，赶夜里到城里去商量，请那老人来看一天渡船，自己却陪翠翠进城玩一天。且因为那人比渡船老人更孤单，身边无一个亲人，也无一只狗，因此便约好了那人早上过家中来吃饭，喝一杯雄黄酒。第二天那人来了，吃了饭，把职务委托那人以后，翠翠等便进了城。到路上时，祖父想起什么似的，又问翠翠：“翠翠，翠翠，人那么多，好热闹，你一个人敢到河边看龙船吗？”翠翠说：“怎么不敢？可是一个人玩有什么意思。”到了河边后，长潭里的四只红船，把翠翠的注意力完全占去了，身边祖父似乎也可有可无了。祖父心想：“时间还早，到收场时，至少还得三个时刻。溪边的那个朋友，也应当来看看年青人的热闹，回去一趟，换换地位还赶得及。”因此就告翠翠，“人太多了，站在这里看，不要动，我到别处去有点事情，无论如何总赶得回来伴你回家。”翠翠正为两只竞速并进的船迷着，祖父说的话毫不思索就答应了。祖父知道黄狗在翠翠身边，也许比他自己在她身边还稳当，于是便回家看船去了。

祖父到了那渡船处时，见代替他的老朋文，正站在白塔下注意听远处鼓声。

祖父喊他，请他把船拉过来，两人渡过小溪仍然站到白塔下去。那人问老船夫为什么又跑回来，祖父就说想替他一会儿故把翠翠留在河边，自己赶回来，好让他也过河边去看看热闹，且说：“看得好，就不必再回来，只须见了翠翠问她一声，翠翠到时自会回家的。小丫头不敢回家，你就伴她走走！”但那替手对于看龙船已无什么兴味，却愿意同老船夫在这溪边大石上各自再喝两杯烧酒。老船夫听说十分高兴，于是把酒葫芦取出，推给城中来的那一个。两人一面谈些端午旧事，一面喝酒，不到一会，那人却在岩石上为烧酒醉倒了。

人既醉倒了，无从入城，祖父为了责任又不便与渡船离开，留在河边的翠翠便不能不着急了。

河中划船的决了最后胜负后，城里军官已派人驾小船在潭中放了一群鸭子，祖父还不见来。翠翠恐怕祖父也正在什么地方等着她，因此带了黄狗向各处人丛中挤着去找寻祖父，结果还是不得祖父的踪迹。后来看看天快要黑了，军人扛了长凳出城看热闹的，皆已陆续扛了那凳子回家。潭中的鸭子只剩下三五只，捉鸭人也渐渐的少了。落日向上游翠翠家中那一方落去，黄昏把河面装饰了一层薄雾。翠翠望到这个景致，忽然起了一个怕人的想头，她想："假若爷爷死了？"

她记起祖父嘱咐她不要离开原来地方那一句话，便又为自己解释这想头的错误，以为祖父不来，必是进城去或到什么熟人处去，被人拉着喝酒，故一时不能来的。正因为这也是可能的事，她又不愿在天未断黑以前，同黄狗赶回家去，只好站在那石码头边等候祖父。

再过一会，对河那两只长船已泊到对河小溪里去不见了，看龙船的人也差不多全散了。吊脚楼有娼妓的人家，已上了灯，且有人敲小斑鼓弹月琴唱曲了。另外一些人家，又有划拳行酒的吵嚷声音。同时停泊在吊脚楼下的一些船只，上面也有人在摆酒炒菜，把青菜萝卜之类，倒进滚热油锅里去时发出吵——的声音。河面已朦朦胧胧，看去好象只有一只白鸭在潭中浮着，也只剩一个人追着这只鸭子。

翠翠还是不离开码头，总相信祖父会来找她一起回家。

吊脚楼上唱曲子声音热闹了一些，只听到下面船上有人说话，一个水手说："金亭，你听你那婊子陪川东庄客喝酒唱曲子，我赌个手指，说这是她的声音！"另一个水手就说："她陪他们喝酒唱曲子，心里可想我。她知道我在船上！"先前那一个又说："身体让别人玩着，心还想着你；你有什么凭据？"另一个说："我有凭据。"于是这水手吹着呦哨，作出一个古怪的记号，一会儿，楼上歌声便停止了。两个水手皆笑了。两人接着便说了些关于那个女人的一切，使用了不少粗鄙字眼，翠翠不很习惯把这种话听下去，但又不能走开。且听水手之一说，楼上妇人的爸爸是在棉花坡被人杀死的，一共杀了十七刀。翠翠心中那个古怪的想头，"爷爷死了呢？"便仍然占据到心里有一忽儿。

两个水手还正在谈话，潭中那只白鸭慢慢的向翠翠所在的码头边游来，翠翠想："再过来些我就捉住你！"于是静静的等着，但那鸭子将近岸边三丈远近时，却有个人笑着，喊那船上水手。原来水中还有个人，那人已把鸭子捉到手，却慢慢的"踹水"游近岸边的。船上人听到水面的喊声，在隐约里也喊道："二老，二老，你真能干，你今天得了五只吧。"那水上人说："这家伙狡猾得很，现在可归我了。""你这时捉鸭子，将来捉女人，一定有同样的本领。"水上那一个不再说什么，手脚并用的拍着水傍了码头。湿淋淋的爬上岸时，翠翠身旁的黄狗，仿佛警告水中人似的，汪汪的叫了几声，那人方注意到翠翠。码头上已无别的人，那人问：

“是谁人？”

“是翠翠！”

“翠翠又是谁？”

“是碧溪岨撑渡船的孙女。”

“你在这儿做什么？”

“我等我爷爷。我等他来。”

“等他来他可不会来，你爷爷一定到城里军营里喝了酒，醉倒后被人抬回去了！”

“他不会。他答应来，他就一定会来的。”

“这里等也不成，到我家里去，到那边点了灯的楼上去，等爷爷来找你好不好？”

翠翠误会了邀他进屋里去那个人的好意，正记着水手说的妇人丑事，她以为那男子就是要她上有女人唱歌的楼上去，本来从不骂人，这时正因等候祖父太久了，心中焦急得很，听人要她上去，以为欺侮了她，就轻轻的说：

“悖时砍脑壳的！”

话虽轻轻的，那男的却听得出，且从声音上听得出翠翠年纪，便带笑说：“怎么，你骂人！你不愿意上去，要呆在这儿，回头水里大鱼来咬了你，可不要叫喊！”

翠翠说：“鱼咬了我也不管你的事。”

那黄狗好像明白翠翠被人欺侮了，又汪汪的吠起来。那男子把手中白鸭举起，向黄狗吓了一下，便走上河街去了。黄狗为了自己被欺侮还想追过去，翠翠便喊：“狗，狗，你叫人也看人叫！”翠翠意思仿佛只在告给狗“那轻薄男子还不值得叫”，但男子听去的却是另外一种好意，男的以为是她要狗莫向好人乱叫，放肆的笑着，不见了。

又过了一阵，有人从河街拿了一个废缆做成的火炬，喊叫着翠翠的名字来找寻她，到身边时翠翠却不认识那个人。那人说：老船夫回到家中，不能来接她，故搭了过渡人口信来告翠翠，要她即刻就回去。翠翠听说是祖父派来的，就同那人一起回家，让打火把的在前引路，黄狗时前时后，一同沿了城墙向渡口走去。翠翠一面走一面问那拿火把的人，是谁告他就知道她在河边。那人说是二老告他的，他是二老家里的伙计，送翠翠回家后还得回转河街。

翠翠说：“二老他怎么知道我在河边？”

那人便笑着说：“他从河里捉鸭子回来，在码头上见你，他说好意请你上家里坐坐，等候你爷爷，你还骂过他！你那只狗不识吕洞宾，只是叫！”

翠翠带了点儿惊讶轻轻的问：“二老是谁？”

那人也带了点儿惊讶说："二老你还不知道？就是我们河街上的傩送二老！就是岳云！他要我送你回去！"傩送二老在茶峒地方不是一个生疏的名字！

翠翠想起自己先前骂人那句话，心里又吃惊又害羞，再也不说什么，默默的随了那火把走去。

翻过了小山岨，望得见对溪家中火光时，那一方面也看见了翠翠方面的火把，老船夫即刻把船拉过来，一面拉船一面哑声儿喊问："翠翠，翠翠，是不是你？"翠翠不理会祖父，口中却轻轻的说："不是翠翠，不是翠翠，翠翠早被大河里鲤鱼吃去了。"翠翠上了船，二老派来的人，打着火把走了，祖父牵着船问："翠翠，你怎么不答应我，生我的气了吗？"

翠翠站在船头还是不作声。翠翠对祖父那一点儿埋怨，等到把船拉过了溪，一到了家中，看明白了醉倒的另一个老人后，就完事了。但另一件事，属于自己不关祖父的，却使翠翠沉默了一个夜晚。

…………

《边城》全文原载 1934 年《国闻周刊》第 11 卷第 1–4 期、第 10–16 期。全书 1934 年 10 月由上海生活书店初版。1943 年开明书店出版改订本。现据《沈从文全集》第 8 卷收录。

三　三

杨家碾坊在堡子外一里路的山嘴路旁。堡子位置在山湾里，溪水沿了山脚流过去，平平的流，到山嘴折湾处忽然转急，因此很早就有人利用它，在急流处筑了一座石头碾坊，这碾坊，不知什么时候起，就叫杨家碾坊了。

从碾坊往上看，看到堡子里比屋连墙，嘉树成荫，正是十分兴旺的样子。往下看，夹溪有无数山田，如堆积蒸糕，因此种田人借用水力，用大竹扎了无数水车，用椿木做成横轴同撑柱，圆圆的如一面锣，大小不等竖立在水边。这一群水车，就同一群游手好闲人一样，成日成夜不知疲倦的咿咿呀呀唱着意义含糊的歌。

一个堡子里只有这样一座碾坊，所以凡是堡子里碾米的事都归这碾坊包办，成天有人轮流挑了仓谷来，把谷子倒进石槽里去后，抽去水闸的板，枧槽里水冲动了下面的暗轮，石磨盘带着动情的声音，即刻就转动起来了。于是主人一面谈说一件事情，一面清理簸箩筛子，到后头上包了一块白布，拿着一个长把的扫帚，追逐着磨盘，跟着打圈儿，扫除溢出槽外的谷米，再到后，谷子便成白米了。

到米碾好了，筛好了，把米糠挑走以后，主人全身是灰，常常如同一个滚入豆粉里的汤圆，然而这生活，是明明白白比堡子里许多人生活还从容，而为一堡子中人所羡慕的。

凡是到杨家碾坊碾过谷子的，皆知道杨家三三。妈妈十年前嫁给守碾坊的杨，三三五岁，爸爸就丢下碾坊同母女，什么话也不说死去了。爸爸死去后，母亲作了碾坊的主人，三三还是活在碾坊里，吃米饭同青菜小鱼鸡蛋过日子，生活毫无什么不同处。三三先是眼见爸爸成天全身是糠灰，到后爸爸不见了，妈妈又成天全身是糠灰，……于是三三在哭里笑里慢慢的长大了。

妈妈随着碾槽转，提着小小油瓶，为碾盘的木轴铁心上油，或者很兴奋的坐在屋角拉动架上的筛子时，三三总很安静的自己坐在另一角玩。热天坐当有风凉处吹风，用包谷杆子作小笼，冬天则伴同猫儿蹲在火桶里，剥灰煨栗子吃。或者有时候从碾米人手上得到一个芦管作成的唢呐，就学着打大傩的法师神气，屋前屋后吹着，半天还玩不厌倦。

这磨坊外屋上墙上爬满了青藤，绕屋全是葵花同枣树，疏疏树林里，常常有三三葱绿衣裳的飘忽。因为一个人在屋里玩厌了，就出来坐在废石槽上洒米头子给鸡吃，在这时，什么鸡欺侮了另一只鸡，三三就得赶逐那横蛮无理的鸡，直等到妈妈在屋后听到鸡声，代为讨情才止。

这磨坊上游有一潭，四面是大树覆荫，六月里阳光照不到水面。碾坊主人在这潭中养得有白鸭子，水里的鱼也比上下溪里特别多。照一切习惯，凡靠自己屋前的水，也算为自己财产的一份。水坝既然全为了碾坊而筑成的，一乡公约不许毒鱼下网，所以这小溪里鱼极多。遇不甚面熟的人来钓鱼，看潭边幽静，想蹲一会儿，三三见到了时，总向人说："不行，这鱼是我家潭里养的，你到下面去钓吧。"人若顽皮一点，听了这个话等于不听到，仍然拿着长长的杆子，搁到水面上去安闲的吸着烟管，望着这小姑娘发笑，使三三急了，三三便喊叫她的妈，高声的说："娘，娘，你瞧，有人不讲规矩钓我们的鱼，你来折断他的杆子，你快来！"娘自然是不会来干涉别人钓鱼的。

母亲就从没有照到女儿意思折断过谁的杆子，照例将说："三三，鱼多咧，让别人钓吧。鱼是会走路的，上面总爷家塘里的鱼，因为欢喜我们这里的水，都跑来了。"三三照例应当还记得夜间做梦，梦到大鱼从水里跃起来吃鸭子，听完这个话，也就没有什么可说了，只静静的看着，看这不讲规矩的人，钓了多少鱼去。她心里记着数目，回头还得告给妈妈。

有时因为鱼太大了一点，上了钓，拉得不合式，撇断了钓杆，三三可乐极了，仿佛娘不同自己一伙，鱼反而同自己是一伙了的神气，那时就应当轮到三三向钓鱼人咧着嘴发笑了。但三三却常常急忙跑回去，把这事告给母亲，母女两人同笑。

有时钓鱼的人是熟人，人家来钓鱼时，见到了三三，知道她的脾气，就照例不忘记问："三三，许我钓鱼吧。"三三便说："鱼是各处走动的，又不是我们养的，怎么不能钓。"

钓鱼的是熟人时，三三常常搬了小小木凳子，坐在旁边看鱼上钩，且告给这人，另一时谁个把钓杆撇断的故事。到后这熟人回磨坊时，把所得的大鱼分一些给三三家，三三看着母亲用刀破鱼，掏出白色的鱼脬来，就放在地下用脚去踹，发声如放一枚小爆仗，听来十分快乐。鱼洗好了，揉了些盐，三三就忙取麻线来把鱼穿好，挂到太阳下去晒。等待有客时，这些干鱼同辣子炒在一个碗里待客，母亲如想到折钓杆的话，将说："这是三三的鱼。"三三就笑，心想着："怎么不是三三的鱼？潭里鱼若不是归我照管，早被看牛小孩捉完了。"

三三如一般小孩，换几回新衣，过几回节，看几回狮子龙灯，就长大了，熟人都说看到三三是在糠灰里长大的。一个堡子里的人，都愿意得到这糠灰里长大的女孩子作媳妇，因为人人都知道这媳妇的装奁是一座石头作成的碾坊。照规矩十五岁的三三，要招郎上门也应当是时候了。但妈妈有了一点私心，记得一次签上的话语，不大相信媒人的话语，所以这磨坊还是只有母女二人，一时节不曾有谁添人。

三三大了，还是同小孩子一样，一切得傍着妈妈。母女两人把饭吃过后，在流水里洗了脸，眺望行将下沉的太阳，一个日子就打发走了。有时听到堡子里的锣鼓声音，或是什么人接亲，或是什么人做斋事，“娘，带我去看，”又像是命令又像是请求的说着，若无什么别的理由推辞时，娘总得答应同去。去一会儿，或停顿在什么人家喝一杯蜜茶，荷包里塞满了榛子胡桃，预备回家时，有月亮天什么也不用，就可以走回家，遇到夜色晦黑，燃了一把油柴：毕毕剥剥的响着爆着，什么也不必害怕。若到总爷家寨子里去玩时，总爷家还有长工打了灯笼火把送客，一直送到碾坊外边。只有这类事是顶有趣味的事，在雨里打灯笼走夜路，三三不能常常得到这机会，却常常梦到一人那么拿着小小红纸灯笼，在溪旁走着，好像只有鱼知道这会事。

当真说来，三三的事，鱼知道的比母亲应当还多一点，也是当然的。三三在母亲身旁，说的是母亲全听得懂的话，那些凡是母亲不明白的，差不多都在溪边说的。溪边除了鸭子就只有那些水里的鱼，鸭子成天自己哈哈哈的叫个不休，那里还有耳朵听别人说话？

这个夏天，母女两人一吃了晚饭，不到日黄昏，总常常过堡子里一个人家去，陪一个行将远嫁的姑娘谈天，听一个从小寨来的人唱歌。有一天，照例又进堡子里去，却因为谈到绣花，使三三回碾坊来取样子，三三就一个人赶忙跑回碾坊来，快到屋边时，黄昏里望到溪边有两个人影子，有一个人到树下，拿着一枝杆子，好像要下钓的神气，三三心想这一定是来偷鱼的，照规矩喊着："不许钓鱼，这鱼是有主人的！"一面想走上前看是什么人。

就听到一个人说："谁说溪里的鱼也有主人，难道溪里活水也可养鱼吗？"

另一人又说："这是碾坊里小姑娘说着玩的。"

那先一个人就笑了。

旋即又听到第二个人说："三三，三三，你来，你鱼都捉完了！"

三三听到人家取笑她，声音好像是熟人，心里十分不平！就冲过去，预备看是谁在此撒野，以便回头告给母亲。走过去时，才知道那第二回说话的人是总爷家管事先生，另外同一个从不见面的年青男人，那男人手里拿的原来只是一个拐杖，不是什么钓杆。那管事先生是一个堡子里知名人物，他认得三三，三三也认识他，所以当三三走近身时，就取笑说：

“三三，怎么鱼是你家养的？你家养了多少鱼呀！”

三三见是总爷家管事先生，什么话也不说了，只低下头笑。头虽低低的，却望到那个好像从城里来的人白裤白鞋，且听到那个男子说：“女孩很聪明，很美，长得不坏。”管事的又说：“这是我堡里美人。”两人这样说着，那男子就笑了。

到这时，她猜到男子是对她望着发笑！三三心想：“你笑我干嘛？”又想：“你城里人只怕狗，见了狗也害怕，还笑人，真亏你不羞。”她好像这句话已说出了，为那人听到了，故打量跑去。管事先生知道她要害羞跑了，便说：“三三，你别走，我们是来看你碾坊的。你娘呢。”

“到堡子里听小寨人唱歌去了，是不是？”

“是的。”

“你怎么不欢喜听那个？”

“你怎么知道我不欢喜？”

管事先生笑着说：“因为看你一个人回来，还以为你是听厌了那歌，担心这潭里鱼被人偷尽，所以……”

三三同管事先生说着，慢慢的把头抬起，望到那生人的脸目了，白白的脸好像在什么地方看到过，就估计莫非这人是唱戏的小生，忘了搽去脸上的粉，所以那么白……那男子见到三三不再怕人了，就问三三：

“这是你的家里吗？”

三三说：“怎么不是我家里？”

因为这答话很有趣味，那男子就说：

“你不怕水冲去吗？”

“嗨，”三三抿着小小的美丽嘴唇，狠狠的望了这陌生男子一眼，心里想：“狗来了，狗来了，你这人吓倒落到水里，水就会冲去你。”想着当真冲去的情形，一定很是好笑，就不理会这两个人笑着跑去了。

从碾坊取了花样子回向堡子走去的三三，在潭边再上游一点，望到那两个白色影子还在前面，不高兴又同这管事先生打麻烦，故跟到这两个人身后，慢慢的走着。听两个人说到城里什么人什么事情，听到说开河，听到说学务局要总爷办学校，因为这两人全都不知道有人在后面，所以自己觉得很有趣味。到后又听到管事先生提起碾坊，提起妈妈怎么人好，更极高兴。再到后，就听到那城里男人说：

“女孩子倒真俏皮，照你们乡下习惯，应当快放人了。”

那管事的先生笑着说：“少爷欢喜，要总爷做红叶，可以去说说。不过这碾坊是应当由姑爷管业的。”

三三轻轻的呸了一口，停顿了一下，把两个指头紧紧的塞了耳朵。但仍然听到那两人的笑声，想知道那个由城里来好像唱小生的人还说些什么，故不久就仍然跟上前去了。

那小生说些什么可听不明白，就只听那个管事先生一人说话，那管事先生说：“少爷做了碾坊主人，别的不说，成天可有新鲜鸡蛋吃，也是很值得的！”话一说完，两人又笑了。

三三这次可再不能跟上去了，就坐在溪边的石头上，脸上发着烧，十分生气。心里想：“你要我嫁你，我偏不嫁你！我家里的鸡纵成天下二十个蛋，我也不会给你一个蛋吃。”坐了一会，凉凉的风吹脸上，水声淙淙使她记忆到先一时估计中那男子为狗吓倒跌在溪里的情形，可又快乐了，就望到溪里水深处，一人自言自语说：“你怎么这样不中用，管事的救你，你可以喊他救你！”

到宋家时，正听宋家婶子说到一件已经说了一会儿的事情，只听到宋家妇人说：

“……他们养病倒希奇，说是养病，日夜睡在廊下风里让风吹，……脸儿白得如闺女，见了人就笑，……谁说是总爷的亲戚，总爷见他那种恭敬样子，你还不见到。福音堂洋人还怕他，他要媳妇有多少！”

母亲就说：“那么他养什么病？”

“谁知道是什么病？横顺成天吃那些甜甜的药，在床上躺着，到城里是享福，到乡里也是享福。老庚说，害第三等的病，又说是痨病，说也说不清楚。谁清楚城里人那些病名字。依我想，城里人欢喜害病，所以病的名字也特别多，我们不能因害病耽搁事情，所以除打摆子就只发烧肚泻，别的名字的病，也就从不到乡下来了。”

另外一个妇人因为生过瘰疬，不大悦服宋家妇人武断的话，就说：“我不是城里人，可是也害城里人的病。”

“你舅妈是城里人！”

“舅妈管我什么事？”

“你文雅得像城里人，所以才生疬子！”

这样说着，大家全笑了。

母女两人回去时，在路上三三问母亲：“谁是白白脸庞的人？”母亲就照先前一时听人说过的话，告给三三，堡子里总爷家中，如何来了一位城里的病人，样子如何美，性情如何怪。一个乡下人，对于城中人膈膜的程度，在那些描写里是分明易见的，自然说得十分好笑。在平常某个时节，三三对于母亲在叙述中所加的批评与稍稍过分的形容，总觉得母亲说得极其俨然，十分有昧，这时不知如何却不大相信这话了。

走了一会，三三忽问：

“娘，娘，你见到那个城里白脸人没有呢？”

妈妈说：“我怎么见到他？我这几天又不到总爷家里去。”

三三心想：“你不见到怎么说了那么半天。”

三三知道妈妈不见到的自己倒早见到了，把这件事秘密着，却十分高兴，以为只有自己明白这件事情，凡是说到城里人的都不甚可靠。

两人到潭边，三三又问：

“娘，你见到总爷家管事先生没有？”

若是娘说没有见过，反问她一句，那么，三三就预备把先前遇到总爷家那两个人的一切，都说给妈妈听了。但母亲这时正想到别一个问题，完全不关心到三三身上的事，所以三三把今天的事瞒着母亲，一个字不提。

第二天三三的母亲到堡子里去，在总爷家门前，碰到那个从城里来的白脸客人，同总爷的管事先生。那管事先生告她，说他们昨天曾到碾坊前散步，见到三三，又告给母亲说，这客人是从城里来养病的客人。到后就又告给那客人，说这个人就是碾坊的主人杨伯妈。那人说，真很同三小姐相像。那人又说三三长得很好，很聪敏，做母亲的真福气。说了一阵话，把这老妇人说快乐了，在心中展开了一个幻象，想到自己觉得有些近于糊涂的事情，忙匆匆的回到碾坊去，望到三三痴笑。

三三不知母亲为什么今天特别乐，就问母亲到了些什么地方，遇着了谁。

母亲想应当怎么说才好，想了许久才说：

“三三，昨天你见到谁？”

三三说：“我见到谁？”

娘就笑了：“三三你记记，晚上天黑时，你不见到两个人吗？”

三三以为是娘知道一切了，就忙说：“人是有两个的，一个是总爷家管事的先生，一个是生人……怎么……”

“不怎么。我告你，那个生人就是城里来的少爷，今天我见到他们，他们说已经同你认识了，所以我们说了许多话。那少爷像个姑娘样子。”母亲说到这里时，想起一件事情好笑。

三三以为妈妈是在笑她，偏过头去看土地上灶马，不理母亲。

母亲说：“他们问我要鸡蛋，你下半天送二十个去，好不好？”

三三听到说鸡蛋，打量昨天两个男人说的笑话都为母亲知道了，心里很不高兴，说道："谁去送他们鸡蛋，娘，娘，我说……他们是坏人！"

母亲奇怪极了，问："怎么是坏人？"

三三红了脸不愿答应，母亲说：

"三三，你说什么事？"

迟了许久，三三才说："他们背地里要找总爷做媒，把我嫁给那个白脸人。"

母亲听到这话什么也不说，笑了好一阵。到后看到三三要跑了，才拉着三三说："小报应，管事先生他们说笑话，这也生气吗？谁敢欺侮你？总爷是一堡子的主人，他会为你骂他们！……"

说到后来三三也被说笑了。

她到后来就告给娘城里人如何怕狗的话，母亲听到不作声，好久以后，才说："三三，你真还像个小丫头，什么也不懂。"

第二天，妈妈要三三送鸡蛋到总爷家去，三三不说什么，只摇头，妈妈既然答应了人家，就只好亲自送去。母亲走后，三三一个人在碾坊里玩，玩厌了又到潭边去看白鸭，看了一会鸭子，等候母亲还不回来，心想莫非管事先生同妈妈吵了架，或者天热到路上发了痧？……心里老不自在回到碾坊里去。

但母亲可仍然回来了，回到碾坊一脸的笑，跨着脚如一个男子神气，坐到小凳上，告给三三如何见到那少爷，那少爷如何要她坐到那个用粗布做成的软椅子上去，摇着宕着像一个摇篮。又说到城里人说的三三如何不念书，城里女人是全念书。又说到……

三三正因为等了母亲大半天，十分不高兴，如今听母亲说到的话，莫明其妙，不愿意再听，所以不让母亲说完就走了。走到外边站在溪岸旁，望着清清的溪水，记起从前有人告诉她的话，说这水流下去，一直从山里流一百里，就流到城里了。她这时忖想……什么时候我一定也不让谁知道，就要流到城里去，一到城里就不回来了。但若果当真要流去时，她愿意那碾坊，那些鱼，那些鸭子，以及那一匹花猫，同她在一处流去。同时还有她很想母亲永远和她在一处，她才能够安安静静的睡觉。

母亲不见到三三了，站在碾坊门前喊着：

“三三,三三，天气热，你脸上晒出油了，不要远走，快回来！”

三三一面走回来一面就自己轻轻的说：“三三不回来了！”

下午天气较热，倦人极了，躺到屋角竹凉床上的三三，耳中听着远处水车陆续的懒懒的声音，眯着眼睛觑母亲头上的髻子，仿佛一个瘦人的脸。越看越活，矇矇眬眬便睡着了。

她还似乎看到母亲包了白帕子，拿着扫帚追赶碾盘，绕屋打着圈儿，就听到有人在外面说话，提到她的名字。

只听人说：“三三到什么地方去了，怎么不出来？”

她奇怪这声音很熟，又想不起是谁的声音，赶忙走出去，站在门边打望，才望到原来又是那个白脸的人，规规矩矩坐在那儿钓鱼，过细看了一下，却看到那个钓竿，是总爷家管事先生的烟杆。

拿一根烟杆钓鱼，倒是极新鲜的事情，但身旁似乎又已经得到了许多鱼，所以三三非常奇怪，正想走去告母亲，忽然管事先生也从那边来了。

好像又是那一天的那种情景，天上全是红霞，妈妈不在家，自己回来原是忘了把鸡关到笼子里，故跑回来捉鸡的。如今碰到这两个人，管事先生同那白脸城里人，都站立在那石墩子上，轻轻的商量一件事情，这两人声音很轻，三三却听得出是一件关于不利于己的行为。因为听到说这些话，又不能嗾人走开，又不能自己走开，三三就非常着急，觉得自己的脸上也像天上的霞一样。

那个管事先生装作正经人样子说：“我们来买鸡蛋的，要多少钱把多少钱。”

那个城里人，也像唱戏小生那么把手一扬，就说：“你说错了，要多少金子把多少金子。”

三三因为人家用金子恐吓她，所以说：“可是我不卖给你，不想你的钱，你搬你家大块金子到场上去买吧。”

管事先生于是又说：“你不卖行吗，你舍不得鸡蛋为我做人情，你想想，妈妈以后写庚帖还少得了管事先生没有？”

那城里人于是又说：“向小气的人要什么鸡蛋，不如算了吧。”

三三生气似的大声说：“就算我小气也行，我把鸡蛋喂虾米，也不卖给人，因为我们不羡慕别人的金子宝贝。你同别人去说金子，恐吓别人吧。”

可是两个人还不走，三三心里就有点着急，很愿意来一只狗向两个人扑去，正那么打量着，忽然从家里就扑出来一条大狗，全身是白色，大声汪汪的吠着，从自己身边冲过去，即刻这两个恶人就落到水里去了。

于是溪里的水起了许多水花，起了许多大泡，管事先生露出一个光光的头在水面，那城里人则长长的头发，缠在贴近水面的柳树根上，情景十分有趣。

可是一会儿水面什么也没有了，原来那两个人在水里摸了许多鱼，全拿走了。

三三想去告给妈妈，一滑就跌下了。

刚才的事原来是做一个梦。母亲似乎是在灶房煮午饭，因为听到三三梦里说话，才赶出来的。见三三醒了，摇着她问，“三三,三三，你同谁吵闹。”

三三定了一会儿神，望妈妈笑着，什么也不说。

妈妈说：“起来看看，我今天为你焖芋头吃。你去照照镜子，脸睡得一片红！”虽然照到母亲说的，去照了镜子，还是一句话不说。人虽醒了还记到梦里一切的情景，到后来又想起母亲说的同谁吵闹的话，才反去问母亲，听到吵闹些什么话。妈妈自然是不注意这些的，所以说听不分明，三三也就不再问什么了。

直到吃饭时，妈妈还说到脸上睡得发红，所以三三就告给老人家先前做了些什么梦，母亲听来笑了半天。

第二次送鸡蛋去时，三三也去了，那时是下午，吃过饭后，两人进了总爷家的大院子。在东边偏院里看到城里来的那个客，正躺在廊下藤椅上，望到天上飞的鸽子。管事的不在家，三三认得那个男子，不大好意思上前去，就逗母亲过去，自己站在月门边等候。母亲上前去时节，三三又为出主意，要妈妈站在门边大声说，“送鸡蛋的来了，”好让他知道。母亲自然什么都照到三三主意作去，三三听到母亲说这句话，说到第三次，才被那个白白脸庞的少爷注意到，自己就又急又笑。

三三这时是站在月门外边的，从门罅里向里面窥看，只见到那白脸人站起身来，又坐下去，正像梦里那种样子，同时就听到这个人同母亲说话，说到天气同别的事情，妈妈一面说话一面尽掉过头来望到三三所在的一边，白脸人以为她就要走去了，便说：

“老太太，你坐坐，我同你说话很好。”

妈妈于是坐下了，可是同时那白脸城里人也注意到那一面门边有一个人等候了，“谁在那里，是不是你的小姑娘？”

看到情形不好，三三就想跑，可是一回头，却望到管事先生站在身后，不知已站了多久，打量逃走自然是难办到的，到后被管事先生拉着牵进小院子来了。

听到那个人请自己坐下，听到那个人同母亲说那天在溪边见到自己的情形，三三眼望另一边，傍近母亲身旁，一句话不说。

坐了一会儿，出来了一个穿白袍戴白帽古怪装扮的女人，三三先还以为是男子，不敢细细的望，到后听到这女人说话，且看她站在城里人身旁，用一根小小管子塞进那白脸男子口里去，又抓了男子的手捏着，捏了好一会，拿一枝好像笔的东西，在一张纸上写了些什么记号，那少爷问“多少豆，”就听她回答说：“同昨天一样。”且因为另外一句话听到这个人笑，才晓得那是一个女人，这时似乎妈妈那一方面，也刚刚才明白这是一个女人，且听到说“多少豆，”以为奇怪，所以两人互相望到都笑了。

看着这母女生疏疏的情形，那白袍子女人也觉得好笑，就不即走开。

那白脸城里人说：“周小姐，你到这地方来一个朋友也没有，就同这个小姑娘做个朋友吧。她家有个好碾坊，在那边溪头，有一个动人的水车，前面一点还有一个好堰堤，你同她做朋友，就可到那儿去玩，还可以钓些鱼回来。你同她去那边林子里玩玩吧，要这小姑娘告你那些花名草名。”

这周小姐就笑着过来，拖了三三的手，想带她走去，三三想不走，望到母亲，母亲却做样子努嘴要她去，不能不走。

可是到了那一边，两人即刻就熟了。那看护把关于乡下的一切，这样那样问了她许多，她一面答着，一面想问那女人一些事情，却找不出一句可问的话，只很希奇的望到那一顶白帽子发笑。

过后听到母亲在那边喊自己的名字，三三也不知道还应当同看护告别，还应当说些什么话，只说妈妈喊我回去，我要走了，就一个人忙忙的跑回母亲身边，同母亲走了。

母女两人回到路上走过了一个竹林，竹林里恰正当晚霞的返照，满竹林是金色的光。三三把一个空篮子戴在头上，扮作钓鱼翁的样子，同时想起总爷家养病服侍病人那个戴白帽子女人，就同妈妈说：

“娘，你看那个女人好不好？”

母亲说：“那一个女人？”

三三好像以为这答复是母亲故意装作不明白的样子，故稍稍有点不高兴，向前走去了。

妈妈在后面说：“三三，你说谁？”

三三就说：“我说谁，我问你先前那个女子，你还问我！”

“我怎么知道你是说谁？你说那姑娘，脸庞红红白白的，是说她吗？”

三三才停着了脚，等着她的妈。且想起自己无道理处，悄悄的笑了。母亲赶上了三三，推着她的背，“三三，那姑娘长得体面，你说是不是？”

三三本来就觉得这人长得体面，听到妈妈先说，所以就故意说：“体面什么？人高得像一条菜瓜，也算体面！”

“人家是读过书来的，你不看过她会写字吗？”

“娘，那你明天要她拜你做干妈吧。她读过书，娘你近来只欢喜读书的。”

“嗨，你瞧你！我说读书好，你就生气。可是……你难道不欢喜读书的吗？”

“男人读书还好，女人读书讨厌咧。”

“你以为她讨厌，那我们以后讨厌她得了。”

“不，干嘛说‘讨厌她得了？’你并不讨厌她！”

“那你一人讨厌她好了。”

“我也不讨厌她！”

“那是谁该讨厌她？三三，你说。”

“我说，谁也不该讨厌她。”

母亲想着这个话就笑，三三想着也笑了。

三三于是又匆匆的向前走去，因为黄昏太美了，三三不久又停顿在前面枫树下了，还要母亲也陪她坐一会，送那片云过去再走。母亲自然不会不答应的。两人坐在那石条子上，三三把头上的竹篮儿取下后，用手整理到头发，就又想起那个男人一样短短头发的女人。母亲说：“三三，你用围裙揩揩脸，脸上出汗了。”三三好像不听到妈妈的话，眺望另一方，她心中出奇，为什么有许多人的脸，白得像茶花。她不知不觉又把这个话同母亲说了，母亲就说，这就是他们称呼为城里人的理由，不必擦粉脸也总是很白的。

三三说：“那不好看。”母亲也说：“那自然不好看。”

三三又说："宋家的黑子姑娘才真不好看。"母亲因为到底不明白三三意思所在，所以再不敢搀言，就只貌作留神的听着，让三三自己去作结论。

三三的结论就只是故意不同母亲意见一致，可是母亲若不说话时，自己就不须结论，也闭了口，不再作声了。

另外某一天，有人从大寨里挑谷子来碾坊的，挑谷子的男人走后，留下一个女人在旁边照料一切。这女人具一种欢喜说话的性格，且不久才从六十里外一个寨上吃喜酒回来，有一肚子的故事，同许多消息，得同一个人说话才舒服，所以就拿来与碾坊母女两人说。母亲因为自己有一个女儿，有些好奇的理由，专欢喜问人家到什么地方吃喜酒，看到些什么体面姑娘，看到些什么好嫁妆。她还明白，照例三三也愿意听这些故事。所以就向那个人，问了这样又问那样，要那人一五一十说出来。

三三听到这些话，却静静的坐在一旁，用耳朵听着，一句话不说，有时说的话那女人以为不是女孩子应当听的，声音较低时，三三就装作毫不注意的神气，用绳子结连环玩，实际上仍然听得清清楚楚。因为，听到些怪话，三三忍不住要笑了，却别过头去悄悄的笑，不让那个长舌妇人注意。

到后那两个老太太，自然而然就说到总爷家中的来客，且说及那个白袍白帽的女人了。那妇人说：她听说这白帽白袍女人，是用钱雇来的一个女人，雇来照料那个少爷，好几两银子一天。但她却又以为这话不十分可靠，她以为这人一定就是城里人的少奶奶，或者小姨太太。

三三的妈妈意见却同那人的恰恰相反，她以为那白袍女人，决不是少奶奶。

那妇人就说："你怎么知道决不是少奶奶？"

三三的妈说："怎么会是少奶奶。"

那人说："你告我些道理。"

三三的妈说："自然有道理，可是我说不出。"

那人说："你又不看到，你怎么会知道。"

三三的妈说："我怎么不看到……"

两人争着不能解决，又都不能把理由说得完全一点，尤其是三三的母亲，又忘记说是听到过那少爷喊叫过周小姐的话，来用作证据，三三却记到许多话，只是不高兴同那个妇人去说，所以三三就用别种的方法打乱了两人不能说清楚的问题。三三说："娘，莫争这些事情，帮我洗头吧，我去热水。"

到后那妇人把米碾完挑走了，把水热好了的三三，坐在小凳上一面解散头发，一面带着抱怨神气向她娘说：

"娘，你真奇怪，欢喜同那老婆子说空话。"

“我说了些什么空话？”

“人家媳妇不媳妇管你什么事。”

…………

母亲想起什么事来了，抿着口痴了半天，轻轻的叹了一口气。

过几天，那个白帽白袍的女人，却同总爷家一个小女孩子到碾坊来玩了，玩了大半天，说了许多话，妈妈因为第一次有这么一个客人，所以走出走进，只想杀一只母鸡留客吃饭，但又不敢开口，所以十分为难。

三三则把客人带到溪下游一点有水车的地方去，玩了好一阵，在水边摘了许多金针花，回来时又取了钓竿，搬了凳子，到溪边去陪白帽子女人钓鱼。

溪里的鱼好像也知道凑趣。那女人一根钓竿，一会儿就得了四只大鲫鱼，使她十分欢喜。到后应当回去了，女人不肯拿鱼回去，母亲可不答应，一定要她拿去。并且因为白帽子女人说南瓜子好吃，就又另外取了一口袋的生瓜子，要同来的那个小女孩代为拿着。

再过几天那白脸人同总爷家管事先生，也来钓了一次鱼，又拿了许多礼物回去。

再过几天那病人却同女人在一块儿来了，来时送了一些用瓶子装的糖，还送了些别的东西，使主人不知如何措置手脚。因为不敢留这两个尊贵人吃饭，所以到两人临走时，三三母亲还捉了两只活鸡，一定要他们带回去。两人都说留到这里生蛋，用不着捉去，还不行，到后说等下一次来再杀鸡，那两只鸡才被开释放下了。

自从这两个客人到碾坊这次以后，碾坊里有点不同过去的样子，母女两人说话，提到"城里"的事情就渐渐多了。城里是什么样子，城里有些什么好处，两人本来全不知道。两人用总爷家的派头，同那个白脸男子白袍女人的神气，以及平常从乡下人听来的种种，作为想象的根据，摹拟到城里的一切景况，都以为城里是那么一种样子：一座极大的用石头垒就的城，这城里就有许多好房子，每一栋好房子里面住了一个老爷同一群少爷，每一个人家都有许多成天穿了花绸衣服的女人，装扮得同新娘子一样，坐在家中房里，什么事也不必作。每一个人家，房子里一定都有许多跟班同丫头，跟班的坐在大门前接客人的名片，丫头便为老爷剥莲心去燕窝的毛。城里一定有很多条大街，街上全是车马，城里有洋人，脚干直直的，就在这类大街上走来走去。城里还有大衙门，许多官如包龙图一样，威风凛凛，一天审案到夜，夜了还得点了灯审案。城里还有铺子，卖的是各样希奇古怪的东西。城里一定还有许多庙，庙里成天有人唱戏，成天也有人看戏，看戏的全是坐在一条板凳上，一面看戏一面剥黑瓜子。

自然这些情形都是实在的。这想象中的都市，像一个故事一样动人，保留在母女两人心上，却永远不使两人痛苦。她们在自己习惯中得到幸福，却又从幻想中得到快乐，所以若说过去的生活是很好的，那到后来可说是更好了。

但是，从另外一些记忆上，三三的妈妈却另外还想起了一些事情，因此有好几回同三三说话到城里时，却忽然又住了口不说下去。三三询问这是什么意思，母亲就笑着，仿佛意思就只是想笑一会儿，什么别的意思也没有。

三三可看得出母亲笑中有原因，但总没有方法知道这另外原因是件什么事情。或者是妈妈预备要搬进城里，或者是作梦到过城里，或者是因为三三长大了，背影子已像一个新娘子了，妈妈惊讶着，这些躲在老人家心上一角儿的事可多着呐。三三自己也常常发笑，且不让母亲知道那个理由，每次到溪边玩，听母亲喊“三三你回来吧”，三三一面走一面总轻轻的说：“三三不回来了，三三永不回来了。”为什么说不回来，不回来又到些什么地方来落脚，三三不曾认真打量过。

有时候两人都说到前一晚上梦中去过的城里，看到大衙门大庙的情形，三三总以为母亲到的是一个城里，她自己所到又是一个城里。城里自然有许多，同寨子差不多一样，这个三三老早就想到了的。三三所到的城里一定比母亲所到的还远一点，因为母亲凡是梦到城里时，总以为同总爷家那堡子差不多，只不过大了一点，却并不很大。三三因为听到那白帽子女人说过，一个城里看护至少就有两百，所以她梦到的就是两百个白帽子人的城里！

妈妈每次进寨子送鸡蛋去，总说他们问三三，要三三去玩，三三却怪母亲不为她梳头。但有时头上辫子很好，却又说应当换干净衣服才去。一切都好了，三三却常常临时又忽然不愿意去了。母亲自然是不强着三三的，但有几次母亲有点不高兴了，三三先说不去，到后又去，去到那里，两人是都很快乐的。

人虽不去大寨，等待妈妈回来时，三三总很愿意听听说到那一面的事情。母亲一面说，一面注意三三的眼睛，这老人家懂得到三三心事。她自己以为十分懂得三三，所以有时话说得也稍多了一点，譬如关于白帽子女人，如何照料白脸男子那一类事，母亲说时总十分温柔，同时看三三的眼睛，也照样十分温柔，于是，这母亲，忽然又想到了远远的什么一件事，不再说下去，三三也想到了另外一件事，不必妈妈说话了，这母女二人就沉默了。

总爷家管事，有次过碾坊来了，来时三三已出到外边往下溪水车边采金针花去了。三三回碾坊时，望到母亲同那个管事先生商量什么似的在那里谈话，管事一见到三三，就笑着什么也不说。三三望望母亲的脸，从母亲脸上颜色，也看出像有些什么事，很有点凑巧。

那管事先生见到三三就说："三三，我问你，怎么不到堡子里去玩，有人等你！"

三三望到自己手上那一把黄花，头也不抬说："谁也不等我。"

管事先生说："你的朋友等你。"

"没有人是我的朋友。"

"一定有人！"

"你说有就有吧。"

"你今年几岁，是不是属龙的？"

三三对这个谈话觉得有点古怪，就对妈妈看着，不即作答。

管事先生却说："你不说我也知道，你妈妈还刚刚告我，四月十七，你看对不对？"

三三心想，四月十七五月十八你都管不着，我又不希罕你为我拜寿。但因为听说是妈妈告的，三三就奇怪，为什么母亲同别人谈这些话。她就对母亲把小小嘴唇扁了一下，怪着她不该同人说起这些，本来折的花应送给母亲，也不高兴了，就把花放在休息着的碾盘旁，跑出到溪边，拾石子打飘飘梭去了。

不到一会儿，听到母亲送那管事先生出来了，三三赶忙用背对着大路，装着眺望溪对岸那一边牛打架的样子，好让管事先生走去。管事先生见三三在水边，却停顿到路上，喊三姑娘，喊了好几声，三三还故意不理会，又才听到那管事先生笑着走了。

管事先生走后，母亲说 :“三三，进屋里来，我同你说话。”三三还是装作不听到，并不回头，也不作答。因为她似乎听到那个管事先生，临走时还说，“三三你还得请我喝酒，”这喝酒意思，她是懂得到的，所以不知为什么，今天却十分不高兴这个人。同时因为这个人同母亲一定还说了许多话，所以这时对母亲也似乎不高兴了。

到了晚上，母亲因为见三三不大说话，与平时完全不同了，母亲说 :“三三，怎么，是不是生谁的气？”

三三口上轻轻的说 :“没有，”心里却想哭一会儿。

过两天，三三又似乎仍然同母亲讲和了，把一切事都忘掉了，可是再也不提到大寨里去玩，再也不提醒母亲送鸡蛋给人了，同时母亲那一面，似乎也因为了一件事情，不大同三三提到城里的什么，不说是应当送鸡蛋到大寨去了。

日子慢慢的过着，许多人家田堤的新稻，为了好的日头同恰当的雨水，长出的禾穗全垂了头。有些人家的新谷已上了仓，有些人家摘着早熟的禾线，舂出新米各处送人尝新了。

因为寨子里那家嫁女的好日子快到了，搭了信来接母女两人过去陪新娘子，母亲正新给三三缝了一件葱绿布围裙，故要三三去住两天。三三没有什么理由可以说不去，所以母女两人就带了些礼物到寨子里来了。到了那个嫁女的家里，因为一乡的风气，在女人未出阁以前，有展览妆奁的习惯，一寨子的女人皆可来看，所以就见到了那个白帽子的女人。她因为在乡下除了照料病人就无什么事情可作，所以一个月来在乡下就成天同乡下女人玩玩，如今随了别的女人来看嫁妆，所以就碰到了这母女两人。

一见面，这白帽子女人便用城里人的规矩，怪三三母亲，问为什么多久不到总爷家里来看他们，又问三三为什么忘了她，这母女两人自然什么也不好说，只按照到一个乡下人的方法，望到略显得黄瘦了的白帽子女人笑着。后来这白帽子的女人，就告给三三妈妈，说病人的病还不什么好，城里医生来了一次，以为秋天还要换换地方，预备八月里就回城去，再要到一个顶远的有海的地方养息。因为不久就要走了，所以她自己同病人，都很想念母女两人，同那个小小碾坊。

这白帽子女人又说：曾托过人带信要她们来玩的，不知为什么她们不来。又说她很想再来碾坊那小潭边钓鱼，可是又因为天气热了一点。

这白帽子女人，望到三三的新围裙，就说：

“三三，你这个围腰真美，妈妈自己作的是不是？”

三三却因为这女人一个月以来脸晒红多了，就望着这个人的红脸好笑。

母亲说：“我们乡下人，要什么讲究东西，只要穿得身上就好了。”因为母亲的话不大实在，三三就轻轻的接下去说，“可是改了三次。”

那白帽子女人听到这个话，向母女笑着：“老太太你真有福气，做你女儿的也真有福气。”

“这算福气吗？我们乡下人那里比得城里人好。”

因为有两个人正抬了一盒礼过去，三三追了过去想看看是什么时。白帽子女人望着三三的背影，“老太太，你三姑娘陪嫁的，一定比这家还多。”

母亲也望那一方说：“我们是穷人，姑娘嫁不出去的。”

这些话三三都听到，所以看完了那一抬礼，还不即过来。

说了一阵话，白帽子女人想邀母女两人到总爷家去看看病人，母亲看到三三有点不高兴，同时且想起是空手，乡下人照例又不好意思空手进人家大门，所以就答应过两天再去。

又过了几天，母女二人在碾坊，因为谈到新娘子敷水粉的事情，想起白帽子女人的脸，一到乡下后就晒红了许多的情形，且想起那天曾答应人家的话了，故妈妈问三三，什么时候高兴去寨子里总爷家看“城里人”，三三先是说不高兴，到后又想了一下，去也不什么要紧，就答应母亲，不拘那一天去都行。既然不拘什么时候，那么，自然第二天就可以去了。

因为记起那白帽子女人说的话，很想来碾坊玩，所以三三要母亲早上同去，好就便邀客来，到了晚上再由三三送客回去。母亲则因为想到前次送那两只鸡，客答应了下次来吃，所以还预备早早的回来，好杀鸡款客。

一早上，母女两人就提了一篮鸡蛋，向大寨走去。过桥，过竹林，过小小山坡，道旁露水还湿湿的，金铃子像敲钟一样，叮叮的从草里发出声音来，喜鹊喳喳的叫着从头上飞过去。母亲走在三三的后面，看到三三苗条如一根笋子，拿着棍儿一面走一面打道旁的草，记起从前总爷家管事先生问过她的话，不知道究竟是些什么意思。又想到几天以前，白帽子女人说及的话，就觉得这些从三三日益长大快要发生的事，不知还有许多。

她零零碎碎就记起一些属于别人的印象来了……一顶凤冠，用珠子穿好的，搁到谁的头上？二十抬贺礼，金锁金鱼，这是谁？……床上撒满了花，同百果莲子枣子，这是谁？……四个奶妈还说不合式，这是谁？……那三三是不是城里人？……

若不是滑了一下，向前一窜，这梦还不知如何放肆做下去。

因为听到妈妈口上连作呸呸，三三才回过头来："娘，你怎么，想些什么，差点儿把鸡蛋篮子也摔了。你想些什么？"

"我想我老了，不能进城去看世界了。"

"你难道欢喜城里吗？"

"你将来一定是要到城里去的！"

"怎么一定？我偏不上城里去！"

"那自然好极了。"

两人又走着，三三忽然又说："娘，娘，为什么你说我要到城里去？"

母亲忙说："你不去城里，我也不去城里。城里天生是为城里人预备的，我们自然有我们的碾坊，不会离开。"

不到一会儿，就望到大寨那门楼了，总爷家在大寨南方，门前有许多大榆树和梧桐树，两人进了寨门向南走，快要走到时，就望到些榆树下面，有许多人站立，好像看热闹似的，其中还有一些人，忙手忙脚的搬移一些东西，看情形好像是总爷家发生了什么事情，或者来了远客，或者还有别的原因，所以母女两人也不什么出奇，仍然慢慢的走过去。三三一面走一面说："莫非是衙门的官来了，娘，我在这里等你，你先过去看看吧。"妈妈随随便便答应着，心里觉得有点蹊跷，就把篮子放下要三三等着，自己赶上前去了。

这时恰巧有个妇人抱了自己孩子向北走，预备回家去，看到三三了，就问："三三，怎么你这样早，有些什么事？"但同时却看到了三三篮里的鸡蛋了，"三三，你送谁的礼呢？"

三三说："随便带来的。"因为不想同这人说别的话，故低下头去，用手攀弄那个盘云的葱绿围腰扣子。

那妇人又说："你妈呢？"

三三还是低着头用手向南方指着："过那边去了。"

那女人说："那边死了人。"

"是谁死了？"

"就是上个月从城中搬来在总爷家养病的少爷，只说是病，前一些日还常常同管事先生出外面玩，谁知就死了。"

三三听到这个，心里一跳，心想，难道是真话吗？

这时，母亲从那边也知道消息了，匆匆忙忙的跑回来，脸儿白白的，到了三三跟前，什么话也不说，拉着三三就走，好像是告三三，又像是自言自语的说："就死了，就死了，真不像会死！"

但三三却立定了，三三问："娘，那白脸先生死了吗？"

"都说是死了的。"

"我们难道就回去吗？"

母亲想想，真的，难道就回去？

因此母女两人又商量了一下，还是到总爷家去看看，知道究竟是些什么原因，三三且想见见那白帽子女人，找到白帽子女人一切就明白了，但一走进总爷家门边，望到许多人站在那里，大门却敞敞的开着，两人又像怕人家知道他们是来送礼的，不敢进去。在那里就听到许多人说到这个白脸人的一切，说到那个白帽子女人，称呼她为病人的媳妇，又说到别的，都显然证明这些人并不同这两个城里人有什么熟识。

三三脸白白的拉着妈妈的衣角，低声的说"走"，两人就走了。

…………

到了磨坊，因为有人挑了谷子来在等着碾米，母亲提着蛋篮子进去了，三三站立溪边，眼望一泓碧流，心里好像掉了什么东西，极力去记忆这失去的东西的名称，却数不出。

母亲想起三三了，在里面喊着三三的名字，三三说：“娘，我在看虾米呢。”

“来把鸡蛋放到坛子里去，虾米在溪里可以成天看！”因为母亲那么说着，三三只好进去了。磨盘正开始在转动，母亲各处找寻油瓶，三三知道那个油瓶挂在门背后，却不做声，尽母亲各处去找。三三望着那篮子就蹲到地下去数着那篮里的鸡蛋，数了半天，后来碾米的人，问为什么那么早拿鸡蛋往别处去送谁，三三好像不曾听到这个话，站起身来又跑出去了。

起八月五日讫九月十七日（青岛）

原载1931年9月15日《文艺月刊》第2卷第9号。

柏 子

把船停顿到岸边，岸是辰州的河岸。

于是客人可以上岸了，从一块跳板走过去。跳板一端固定在码头石级上，一端搭在船舷，一个人从跳板走过时，摇摇荡荡不可免。凡要上岸的全是那么摇摇荡荡上岸了。

泊定的船太多了，沿岸泊，桅子数不清，大大小小随意矗到空中去，桅子上的绳索像纠纷到成一团，然而却并不。

每一个船头船尾全站得有人穿青布蓝布短汗褂，口里噙了长长的旱烟杆，手脚露在外面让风吹，——毛茸茸的像一种小孩子想象中的妖洞里喽啰毛脚毛手。看到这些手脚，很容易记起“飞毛腿”一类英雄名称。可不是，这些人正是……桅子上的绳索掯定活车，拖拉全无从着手时，看这些飞毛腿的本领，有得是机会显露！毛脚毛手所有的不单是毛，还有类乎钩子的东西，光溜溜的桅，只要一贴身，便飞快的上去了。为表示上下全是儿戏，这些年青水手一面整理绳索一面还将在上面唱歌，那一边桅上，也有这样人时，这种歌便来回唱下去。

昂了头看这把戏的，是各个船上的伙计。看着还在下面喊着。左边右边，不拘要谁一个试上去，全是容易之至的事，只是不得老舵手吩咐，则不敢放肆而已。看的人全已心中发痒，又不能随便爬上桅子顶尖去唱歌，逗其他船上媳妇发笑，便开口骂人。

“我的儿，摔死你！”

“我的孙，摔死了你看你还唱！”

“……”

全是无恶意而快乐的笑骂。

仍然唱，且更起劲了一点。但可以把歌唱给下面骂人的人听，当先若唱的是“一枝花”，这时唱的便是“众儿郎”了。“众儿郎”却依然笑嘻笑嘻的昂了头看这唱歌人，照例不能生气的。

可是在这情形中，有些船，却有无数黑汉子，用他的毛手毛脚，盘着大而圆的黑铁桶，从舱中滚出，也是那么摇摇荡荡跌到岸边泥滩上了。还有作成方形用铁皮束腰的洋布，有海带，有鱿鱼，有药材……这些东西同搭客一样，在船上舱中紧挤着卧了二十天或十二天，如今全应当登岸了。登岸的人各自还家，各自找客栈，各自吃喝，这些货物却各自为一些大脚婆子走来抱之负之送到各个堆栈里去。

在各样匆忙情形中，便正有闲之又闲的一类人在。这些人住到另一个地方，耳朵能超然于一切嘈杂声音以上，听出桅子上人的歌声，——可是心也正忙着，歌声一停止，唱歌地方代替了一盏红风灯以后，那唱歌的人便已到这听歌人的身边了。桅上用红灯，不消说是夜里了。河边夜里不是平常的世界。

落着雨，刮着风，各船上了篷，人在篷下听雨声风声，江波吼哮如癫子，船只纵互相牵连互相依靠，也簸动不止，这一种情景是常有的。坐船人对此决不奇怪，不欢喜，不厌恶，因为凡是在船上生活，这些平常人的爱憎便不及在心上滋生了。(有月亮又是一种趣味，同晚日与早露，各有不同。)然而他们全不会注意。船上人心情若必须勉强分成两种或三种，这分类方法得另作安排。吃牛肉与吃酸菜，是能左右一般水手心情的一件事。泊半途与湾口岸，这于水手们情形又稍稍不同。不必问，牛肉比酸菜合乎这类“飞毛腿”胃口，船在码头停泊他们也欢喜多了！

如今夜里既落小雨，泥滩头滑溜溜使人无从立足，还有人上岸到河街去。

这是其中之一个，名叫柏子，日里爬桅子唱歌，不知疲倦，到夜来，还依然不知道疲倦，所以如其他许多水手一样，在腰边板带中塞满了铜钱，小心小心的走过跳板到岸边了。先是在泥滩上走，没有月，没有星，细毛毛雨在头上落，两只脚在泥里慢慢翻——成泥腿，快也无从了——

目的是河街小楼红红的灯光，灯光下有使柏子心开一朵花的东西存在。

灯光多无数，每一小点灯光便有一个或一群水手，灯光还不及塞满这个小房，快乐却将水手们胸中塞紧，欢喜在胸中涌着，各人眼睛皆眯了起来。沙喉咙的歌声笑声从楼中溢出，与灯光同样，溢进上岸无钱守在船中的水手耳中眼中时，便如其他世界一样，反应着欢喜的是诅咒。那些不能上岸的水手，他们诅咒着，然而一颗心也摇摇荡荡上了岸，且不必冒滑滚的危险，全各以经验为标准，把心飞到所熟习的楼上去了。

酒与烟与女人，一个浪漫派文人非此不能夸耀于世人的三样事，这些喽啰们却很平常的享受着。虽然酒是酽冽的酒，烟是平常的烟，女人更是……然而各个人的心是同样的跳，头脑是同样的发迷，口——我们全明白这些平常时节只是吃酸菜南瓜臭牛肉以及说点下流话的口，可是到这时也粘粘糍糍，也能找出所蓄于心各样对女人的谄谀言语，献给面前的妇人，也能粗粗卤卤的把它放到妇人的脸上去，脚上去，以及别的位置上去。他们把自己沉浸在这欢乐空气中，忘了世界，也忘了自己的过去与未来。女人则帮助这些可怜人，把一切穷苦一切期望从这些人心上挪去。放进的是类乎烟酒的兴奋与醉麻。在每一个妇人身上，一群水手同样作着那顶切实的顶勇敢的好梦，预备将这一月贮蓄的金钱与精力，全倾之于妇人身上，他们却不曾预备要人怜悯，也不知道可怜自己。

他们的生活，若说还有使他们在另一时反省的机会，仍然是快乐的吧。这些人，虽然缺少眼泪，却并不缺少欢乐的承受！

其中之一的柏子，为了上岸去找寻他的幸福，终于到一个地方了。

先打门，用一个水手通常的章法，且吹着哨子。

门开后，一只泥腿在门里，一只泥腿在门外，身子便为两条胳膊缠紧了，在那新刮过的日炙雨淋粗糙的脸上，就贴紧了一个宽宽的温暖的脸子。

这种头香油是他所熟习的。这种抱人的章法，先虽说不出，这时一上身却也熟习之至。还有脸，那么软软的，混着脂粉的香，用口可以吮吸。到后是，他把嘴一歪，便找到了一个湿的舌子了，他咬着。

女人挣扎着，口中骂着：

“悖时的！我以为你到常德府被婊子尿冲你到洞庭湖了！”

“老子把你舌子咬断！”

“我才要咬断你……”

进到里面的柏子，在一盏“满堂红”灯下立定。妇人望他痴笑。这一对是并肩立着，他比她高一个头，他蹲下去，像整理橹绳那样扳了妇人的腰身时，妇人身便朝前倾。

“老子摇橹摇厌了，要推车。”

“推你妈！”妇人说，一面搜索柏子身上的东西。搜出的东西便往床上丢去，又数着东西的名字。“一瓶雪花膏，一卷纸，一条手巾，一个罐子——这罐子装什么？”

“猜呀！”

“猜你妈，忘了为我带的粉吗？”

“你看那罐子是什么招牌！打开看！”

妇人不认识字，看了看罐上封皮，一对美人儿画相。把罐子在灯前打开，放鼻子边闻闻，便打了一个嚏。柏子可乐了，不顾妇人如何，把罐子抢来放在一条白木桌上，便擒了妇人向床边倒下去。

灯光明亮，照着一堆泥脚迹在黄色楼板上。

外面雨大了。

张耳听，还是歌声与笑骂声音。房子相间多只一层薄薄白木板子，比吸烟声音还低一点的声音也可以听出，然而人全无闲心听隔壁。

柏子的纵横脚迹渐干了，在地板上也更其分明。灯光依然，对一对横搁在床上的人照得清清楚楚。

“柏子，我说你是一个牛。”

“我不这样，你就不信我在下头是怎么规矩！”

“你规矩！你赌咒你干净得可以进天王庙！”

“赌咒也只有你妈去信你，我不信。”

柏子只有如妇人所说，粗卤得同一只小公牛一样。到后于是喘息了，松弛了，像一堆带泥的吊船棕绳，散漫的搁在床边上。

肥肥的奶子两手抓紧，且用口去咬。又咬她的下唇，咬她的膀子，咬她的大腿……一点不差，这柏子就是日里爬桅子唱歌的柏子。

妇人望到他这些行为发笑，妇人是翻天躺的。

过一阵，两人用一个烟盘作长城，各据长城一边烧烟吃。

妇人一旁烧烟一旁唱《孟姜女》给柏子听，在这样情形下的柏子，喝一口茶且吸一泡烟，像是作皇帝。

“婊子我告给你听，近来下头媳妇才标得要命！”

“你命怎么不要去，又跟船到这地方来？”

“我这命送她们，她们也不要。”

“不要的命才轮到我。”

“轮到你，你这……，好久才轮到我！我问你，到底有多少日子才轮到我？”

妇人嘴一扁，举起烟枪把一个烧好的烟泡装上，就将烟枪送过去塞了柏子的嘴，省得再说混话。

柏子吸了一口烟，又说：“我问你，昨天有人来？”

“来你妈！别人早就等你。我算到日子，我还算到你这尸……”

“老子若是真在青浪滩上泡坏了，你才乐！”

“是，我才乐！”妇人说着便稍稍生了气。

柏子是正要妇人生气才欢喜的。他见妇人把脸放下，便把烟盘移到床头去。长城一去情形全变了。一分钟内局面成了新样子。柏子的泥腿从床沿下垂，绕了这腿的上部的是用红绸作就套鞋的小脚。

一种丑的努力，一种神圣的愤怒，是继续，是开始。

柏子冒了大雨在河岸的泥滩一边慢慢的走着，手中拿的是一段燃着火头的废缆子，光旺旺的照到周围三尺远近。光照前面的雨成无数返光的线，柏子全无所遮蔽的从这些线林穿过，一双脚浸在泥水里面，——把事情作完了，他回船上去。

雨虽大，也不忙。一面怕滑倒，一面有能防雨——或者不如说忘雨的东西吧。

他想起眼前的事心是热的。想起眼前的一切，则头上的雨与脚下的泥，全成为无须置意的事了。

这时妇人是睡眠了，还是陪别一个水手又来在那大白木床上作某种事情，谁知道。柏子也不去想这个。他把妇人的身体，记得极其熟习；一些转弯抹角地方，一些幽僻地方，一些坟起与一些窟窿，恰如离开妇人身边一千里，也像可以用手摸，说得出尺寸。妇人的笑，妇人的动，也死死的像蚂蝗一样钉在心上。这就够了。他的所得抵得过一个月的一切劳苦，抵得过船只来去路上的风雨太阳，抵得过打牌输钱的损失，抵得过……他还把以后下行日子的快乐预支了。这一去又是半月或一月，他很明白的。以后也将高高兴兴的作工，高高兴兴的吃饭睡觉，因为今夜已得了前前后后的希望，今夜所"吃"的足够两个月咀嚼，不到两月他可又回来了。

他的板带钱已光了，这种花费是很好的一种花费。并且他也并不是全无计算，他已预先留下了一小部分钱，作为在船上玩牌用的。花了钱，得到些什么，他是不去追究的。钱是在什么情形下得来，又在什么情形下失去，柏子不能拿这个来比较。总之比较有时像也比较过了，但结果不消说还是"合算"。

轻轻的唱着《孟姜女》，唱着《打牙牌》，到得跳板边时，柏子小心小心的走过去，预定的《十八摸》便不敢唱了——因为老板娘还在喂小船老板的奶，听到哄孩子声音，听到吮奶声音。

辰州河岸的商船各归各帮，泊船原有一定地方，各不相混。可是每一只船，把货一起就得到另一处去装货，因此柏子从跳板上摇摇荡荡上过两次岸，船就开了。

原载1928年8月10日《小说月报》第19卷第8号。署名甲辰。

中 年

因为在北京 ×× 大学里办事的一个朋友，来信寄给久蹴在上海的我，那来信上说的是：

……快来吧，你这个疑心重不知自爱的人，别担心到了北京会有什么不吉利事情。你来看看我们如何过日子，这就很可以给你开心了！你不高兴注意我们俗人，我为你预备得有一个好地方，去俗人同熟人都很远，白天同你作伴的是芦苇，晚上陪你谈话的是蛤蟆，还有……你别让我这学科学的人，为了形容一个住处还来费力描写，这天气本还不必令人出汗，可是我因为写这个信，手心已全是汗了。……你来吧，莫要我再写信好了！

我虽被上海方面人说到“很从容”的留在上海过日子，实际上人并不从容，我的表面生活沉静，心上却十分暴躁。因为任何人皆只见到我一个倦于生存的外表，所以任何人皆不知道我的心如何跳跃。久留在上海，我在糊涂中，也许终会做出一些朋友们认为很糊涂的事情。所以北京一方面来信要我去，上海一方面熟人就劝我走。都以为不妨到北京看看，到后另一个朋友且为我把钱筹好，把一切全预备好了。

因此我坐了两整天的火车，同一个据说是将军的人物，在一个车厢里谈了两整天的空话。车到了正阳门后，从正阳门站下车，白白的太阳还仍然像四年前我所见到的太阳，我跳上一辆多灰的洋车，这洋车向大车过处烟尘骤起的前门拱洞跑去。第四天，我就来到前次给我写信的那个朋友为我预备的空屋里住下了。

朋友夏君把我款待到这个幽僻无人的地方，真使我十分满意。这地方虽为学校安置了许多办事教书人，邻近我住处的却很少。他们住的是闹热地方，我这里，却同旁的屋子相去很远，独立在这宽大花园一角的。

我住的是一个亭子，这亭子据说原从圆明园搬移来的，刻镂极精细的白石亭基，古怪的撑柱横梁，可以使人想象到一些已成为精灵了的故事人物。亭子太大了，故已用白木板壁隔离成两间，我住的是左边的一间，右边却没有人。

亭子外边的景色，诚如朋友所说，是十分美的。芦苇同蛤蟆都在我眼底耳边，不久即完全熟习了。每到黄昏时，我把晚饭吃过后，就爬到亭子外栏杆上去，抱膝看天上的云，并且不久我就知道有两只灰鹤每天照例的休息地方，我知道我屋顶承檐柱上空隙处，有许多麻雀蹲到上面休息，我知道一个小小的黑影在空中晃过时，不是燕子却是一只蝙蝠。

芦苇在我面前展开，这时看来便如一个湖，风过时，偃伏成细碎而长条的波浪。我不是诗人，望到这个照例是无话可说的。亭子前面有一段缺少芦苇处，全是种有细秧的水田，日里只能见到白腹青羽的燕子，掠水贴地飞去，到了晚上，许多藏在芦苇里的水鸡，皆追逐出来了。朦胧里望到这些黑色小小东西的游戏，这几天又正是真珠梅开放的时节，坐在栏杆上的我，隐约嗅到花香，常常一坐下来就很久很久。

到这个地方来我的确安静多了。上海我住的是地当法租界电车总厂的要道，每日从早到晚我耳朵里都是隆隆的车声，作事总作不好，性情就变成特别容易生气的人了。这几日，上海大致更热了，如果我还留在上海，窗上的西晒使房子像一个甑子，我的文章一定是写不出的。如今我到了这里，每天总能很安静的作我所要作的事情，朋友来看望我时，见到我桌上的成绩，都觉得十分高兴。有时我们坐到栏杆上去谈天，谈到两人平生所经历的地方，谈到六月时清风的可爱，这亭子，实在就是园中一个最好迎受晚凉的亭子，朋友的科学态度，给我的印象，同到这亭子给我的浪漫情绪相纠结，我照例是要发笑的。这地方，使我的确安静多了。

不过，因为这地方是个幽僻无人的地方，我将在我的分上，见到一些关于年青男女觉得极新鲜的事情。这些事情到这里的二十天内，在黄昏里我一共就见过了五次。有两次我看到人家在我常坐的栏杆上接吻。有两次我看到一对人并肩坐在那栏杆上，或者已接过吻了，或者正在等候方便接吻。另外一次我看到一个女人，傍着在那里哭泣。那照例是我初从外边回来，又照例是这些年青人知道我不会在房里，才有这种事情发生的。到后我还是重新跑去，远远的跑到亭子背后松树编成的排道里去了。我将在那里散步，看黄昏里包围的天地，估计到两个人已应当分手时我才敢回去。

回去时，望到刚才有人坐处，我常常只能作苦笑，来到这里的女人，也许就正是一个生来最丑的女人，但同男子来到这无人地方，恰恰在这黄昏里，能够伴着所爱悦的人，默默的，把这一个微抖的嘴唇，贴到那一个微抖的嘴唇上去，两人什么也不说，只默默的拥抱，又默默的离开，这些事，是人生的诗。即或这女子同男子是两个如何卑俗的灵魂，他们到这里来所作的事情，还是像一首诗的。

想起这些情形时，我很觉得软弱了。因为我不是那种读诗的人，我的性情，我的习惯，都不能如一个老人那么冲澹温和，这“人生的诗”有时是很恼怒到我的。诗句已消失了，人已不见了，依约里有时还闻到一种余香，在无风的黄昏里散布。我有点难受了，便躺到床上去。可是不久我仍然又起来了。我仍然出去，坐到适间年青女人所坐处，静静的遐想一切，到后便使我笑起来了。一个中年人的情怀，心情上的小小罪孽，那不消说是常常存在意识里，而又常常要作一些希奇的估计，免不了使自己看来也很惊讶的。

我遇到这些时节，坐到那里常常比平时更久，忘了我晚上工作的时间，也忘了我其他事情。

因为这类事，并不为朋友所知道，所以朋友来时，有时带了一个新的同学过来，总问我：“在这里是不是觉得寂寞，觉得吓怕？”我照例将说：“这里不是使人寂寞的地方，我也并不觉得可怕。我是一个见过许多日头月亮的人，所以你们受不了的我总能忍受下去。”我说到这样话时，朋友听到的意义，却并不同我自己听到的意义一样，因为我这里还包含有一种秘密，这些能够明白“定性分析”或“社会学”或“英国国会之制度”一类学问的年青人，全不知道我这秘密的。

天气渐渐热了，在房中做事，也不大方便了，有时我便移了桌椅出去，茶壶茶杯同墨水瓶之类也得带出去。早上同下午，既不会有人来玩，我都觉得在外面做事，一面望到微风里的芦苇偃伏，一面写些什么时，比枯坐房中尽盘旋到一个故事为方便多了。有时我过 ×× 去了，听差忘了为我把一切东西搬进屋里去，回来时，茶壶照例常常是干了的。在去 ×× 学校的大路上，我总可以碰到一些 ×× 大学的女人，我想象到我茶壶中的茶最后一滴干在谁个口里时，我便仿佛得到了说不分明的东西。也许用我的茶杯喝茶的人，正是那几个成天在园子里收拾花木的粗人，但我曾听到朋友说过，他有一个女同学，喝过亭子里的苦茶。我以为一定不止一个。在我处照料茶水的听差，见到我喝水好像特别喝得多，总得说“天气很热”。我从没有说那茶不是我一个人喝尽的，因为我不愿意他去洗那杯子。

让我从记事册里，检查一下日子，这一天是不是二十七。正是那一天，西山的日头沉到山后背去了，远望西山只剩一抹紫，天上填满了夜云，屋里的灯应当发光了，我因为想起一个可纪念的朋友，心中有点烦乱。晚饭业已吃过了，不知如何心上觉得十分狼狈。平常时节我在这样情形，正同一般故事上常常提到的中年人一样，我是要故意虐待我自己，勉强来工作的。寂寞了，我就作事，我有许多许多文章，就那么写成印好分散到国内各处去了。但另外一时节，心上纷乱了，我一件小事也作不下去，即呆在桌边也觉得无益，就各处跑去。我的住处外边是通西山的大道，历史上很在点名气的圆明园遗址又在附近不远，我毫无目的向任何方向走去，也不至于迷途。西郊附近的地方既是一片平原，当地小村落人家的狗又从不随便咬人，走夜路没有土匪也没有野狼，故我无目的底走了许久，有时不知不觉走了极远的路，到后觉得不行了，才向一个附近人家雇了一匹小驴回家，回到住处时，大门大致已掩上多时了。

那时我既不能作事，也不打量出去，只好躺在床上，静静的思索一切。从窗口望到外边黄昏的景色，望到为黄昏所侵蚀的亭子上纵横木梁，仿佛有些精灵在我身边。我想起一切人事哀乐的分野。

记起另一时在一个朋友家里吃酒，主人多喝了一杯，稍稍觉得过量了，这朋友拉了我的手，大声的教训我，告我说，他的未婚妻说过我是“永远寂寞的男子”，且说“即或同一个人做一些不规矩的事情，也仍然要想到另外一个事上去，而显得当前行为无聊的”。这人到后结了婚又离婚，那“一言中的”的女子，如今又嫁了一个人了。在我记忆里，却长有这样一个逗人动心的温暖的感觉。那女人的一句话成了我忧郁生活的粮食，我重复念到这一句话时，心中激动的十分厉害。这中年衰弱的心，不为当前生活而注意，却尽在想象中得失里而盘旋。但是，虽想到那些生命的过去，眼前使我心跳的事还是很多！

我的住处的屋外水阁，原是平常时节 ×× 学生谈话最好的一处，绕屋的长廊，铺得是极整齐的方砖，这时节长廊一带的真珠梅，开放得正是十分动人，黄昏里，照例常有即或是从脚步声音同微微的气息里也知道是年轻的女人们，伴着她姊妹朋友，来到这地方。她们从窗外过身时，隐约苗条的身影，以及她们的笑谑，她们的低声谈话，都给我一种动摇，搅起我心上一些暧昧的不端庄的欲望。这些声音渐渐的远了，投在我心上所起的微波，也渐渐的平静了，注目到窗外的黄昏，我似乎得到了什么同时也失掉了什么。有时这些年青人立在我的窗外，坐到我作事的椅子上去，轻轻的谈着一切儿女们事情，或只适宜于两个人商量到的事情，在这情形下，我便重新记起了我朋友那个太太说及的一句话，我很沉郁，但我还仍然不惊动这些不速之客，仍然凝视到窗外的黄昏。我很羡慕这个黄昏里的一切，本来这黄昏，应当是一个能领略黄昏的人所占有的，但那时节我仿佛与黄昏无分。一只蝙蝠或一只蝶类，在我的纱窗上作声，听到窗外人为了小小惊讶说出的笑话，本来以为房里没有人的她们，其中一个正要回去了，就常常说，“好像有人在偷听我们的话，我们应当走了”的话时，我心中总十分感动。到后人就当真走了，我那时，很愿意打谁一掌，又仿佛被人打了一掌。

在给一个朋友的信里，我曾经说过那种意思的话：这世界有一些人在“生活”里“存在”，有一些人又在“想象”里“生活”。我自然应属于后面的一种人。坐到水阁前椅子上或栏杆上，与最知心的朋友，捏着手挨着身子，消受这平静美丽的黄昏的人走去了，我一个人便到适间有女人所在处，慢慢的散步来回的走着，把自己分成两个人，谈论到一切问题。我把那最美的词辩给我想象里的另一个人，我自己说的话，总是虽诚实却并不十分聪明的话。到后“我们”就坐下了，“我们”在黄昏里终于沉默了。到那时，我眼睛湿了。我向虚空微笑，向虚空点头，向虚空伸出瘦瘦的手儿，什么也没有捏到。一个大水鸟之类，振动翅膀在我头上飞过去，即刻又消失了，抬起头来搜寻那声音时，才知道天上已有了许多小小星子，正如比喻中女人的眼睛，凝视到我，也不害羞，也不旁瞬。

我这时躺在床上并不爬起，另一个日子里的黄昏使我出神。

已经夜了，应当使灯发亮了，我还得把一个短短的文章趁到夜里灯下来写完，好明早便可寄发出去。但我并不注意这件事，也不打量出去。我躺在床上，听到园外大路上有大车过身，慢慢的，钝重而闷人的，转动到那两个轮子，我想了好一会保留在我记忆里一切形象的马匹，那些马匹仿佛是我朋友一样，我们有一种真实的友谊。

这塌车到后远去了，于是听到廊的一端有人说话的声音。于是听到有两个人走路脚步的声音，这声音，由于习惯虽还隔得很远，我就明白是一对年青男女了。我知道他们所取的路线，一定要经过我的窗下。我算定他们见到这地方的僻静，要由于男子的提议，稍稍耽搁一会。这两人将在无意中为我带来一点喜悦，同时也带来一点忧愁。

长廊到了我的窗下，因为一个水阁的位置，忽然宽阔展开了。这两人不久就从窗下过身，到了水阁前面，那男的一个，如我可想象的神气，温柔的说：

“不要走了，到这里坐坐吧。”

女的轻轻的说：“这里有人住。”

虽这样说两人似乎仍然停下了。

两人似乎就并肩立在栏杆前面，眺望园中的暮景，沉默了很久时间。

到后什么话也不说，大约女的先走了，男的也跟着走去了。听到声音去远以后，我想爬起来在窗边望望。本来还打算到外面去坐坐，忽然又觉得这样一来便触着了别人的忌讳，也即刻中止了。

过了一会，听到又有了第二种脚步声音，在廊下方砖上响着，从声音上我知道这是一个男子的脚步。原来这是我的朋友，这人到了窗下，想从纱窗里瞧望里面，看我是不是留在房里。因为无灯望不分明，就试着问我在不在里面。问了两声我还是静静的躺在床上，默不作答，这朋友到后就又向回路上走去了。

我正觉得我作的事不甚得体，想起来去追回那个朋友，又听到廊下另一端有了声音。我明白是先前那两个人。大约先一时因为恐怕我在房中，所以走到长廊尽头小亭子坐下，到后见到这里有人喊问，也不见屋中有人答应，以为我一定不在住处，所以又同女人来到窗外水阁前面了。

我听到这两个人坐到栏杆上，那个女的把鞋后跟敲着柱子，剥剥的响着。坐了许久，才听到男的说话，男的说了，女的也说，他们似乎在讨论到另一个人另一回事。

说些什么话我先还没有听得清楚，但久了一点，我才知道他们是讨论他们自己，也正如一般人那么在不甚习熟的情人面前，因为谁也没有即刻敢放肆的用那个微抖的嘴唇贴近另一个嘴唇的勇气，所以他们使用一些两人皆知道是废话的言语，支持到这当前不变的形式。他们把言语稍稍加重一点时，我便听到男的说，他自己近来“重了三磅”，女的说医生劝她“吃盐”。这分明全是空话。两人皆非常明白，因为这暮色笼罩一切，这平静美丽的黄昏，不是说盐说肉的时节！到后两人果然沉默了。再过了一会儿时节，我仿佛就听到有些声音，仿佛两人之间有了些小小争持。

这两人之间，一定发生了一种沉默的战争，譬如一只手想悄悄的搂着一样东西，那另外一只手便抗拒着，一个头想渐渐的并拢到那一个头，头也可以扭着偏着。或者这战争不是一只手的事，各人将使用两只手，各人皆脸儿发烧心儿急跳。

我打量爬起来看看，自然是办不到的，只躺在床上，猜想这战争的结局。我想到女的一定退到柱旁去，先是用手抵拒到一件新的事情，到后手便在意料以内情形下失败了，到后那男的两手，占领了应占领的地方，把女人的腰如一根带子围定，两张灼热的口搜寻到后便合拢去了。这估计，使我全身发抖，然而事实却正如我所估计，我听到嘴唇分离的声音，听到女的轻轻的一个叹息，听到那男子作每一个男子在这情形皆得作到的说明。那男子说：

“××，我先是站在天堂的门边，如今又到过天堂的里面了。”

女的似乎什么也没有说的，只数着自己心儿的跳跃。或者她想起的是这一个天堂的事，或者她还想起另外一个她自己也还不曾到过的天堂。

男的又说："我幸福得想哭了，信我说的话，我保留到这个平生最美的印象，一定同我生命一样长，一样久。"

女的说："我不相信，你们的口能欺侮人也能谎人。"

"我向你赌咒。我可以……"

"照例又都会赌咒发誓！"

重新起了战争，两人默默的，在我想象里所估计的情形下沉默了。大致长久的拥抱中，一只手的形势，是不是甘于维持在既得的现状下，我是不甚明白的。我猜想那些有教育的人，为了"好奇"，在一种方便中，他一定要用手旅行到一个新的地方去。他一定为一些新的发现所惊奇，也正如那个女子为了一些新的行为而害羞一样。仍然是手与手的抵拒，仍然是抵拒而投降了，我重复听到那个女子低低的一声叹息。

只仿佛听到男子说："我手如今镀了金。"

我的心，我的一切官觉，皆为这一个分量沉重的事情而压迫着。

人事的雷雨过去以后，我到后听到两人低低的笑了。

× × 学校的大钟响了几下，两人沉默的从长廊走去了，我数着那个女子的鞋底声音，我似乎跟着他们出了□园的大门，我似乎在路旁的电灯下，望到一个秀美苍白的脸子。我似乎听到那个女子在心上计算到自己的行为，把自己的身子，紧傍着那另一个男子。

好久好久我才爬起身来，开了门走出去，傍着那亭柱，站了半天不动。望到深蓝的天空，嵌满了小小星子，我似乎读了一首以人生作题材的诗，这诗的内容，保留到我记忆里，永远不能消失，也永远使我想到这诗的某一章，在脸上作着苦笑。

第二天，听差扫地时，拿了一条小小绸巾来，问是不是我掉下的。我说不是，听差便说一定是昨天女先生们玩时掉下的了，便预备拿回去，但我又把听差叫回来，告他手巾是我的，

听差好像看透了我心上的事，又好像以为正因为他猜准了我的心事，怕我生他的气，故告给我这手巾是在廊下拾起的。他见我不作声，俨然我的墨水瓶即刻就要抛掷到他头上去了，就忙把手巾放到桌上，忙退出去了。

望到手巾好像如露水湿透了的样子，我说："你倒一点水来吧，我有用处。"

水来后，本为预备把这手巾洗洗，到后却又想起了什么事情，不愿意洗了。

朋友口君来谈天，当笑话似的，说我黄昏时节，如到外边去跑跑，则这个地方，会有年青人赏识它的幽僻无人，作一些新鲜事情。我记到昨天的事，同另外那一条收藏在箱子里的手巾，我不愿理会我那个朋友的疯话，只坐到栏

杆上去，要朋友告我这时芦苇里树林里有多少种鸟声。

我心想，这个五月结束，六月还刚开始！过了一会，忽然问朋友，到暑假时，是不是有许多年青男女学生都得回去，朋友大致这时正在考虑到一种黄昏里叫得动人的雀儿，想明白这鸣声同它的性生活有何等关系，所以就回答我说：

“凡是大声的叫，如杜鹃播谷一类，它的伴侣一定同它隔得很远。”

我说：“我问你的是人，不是鸟。”

朋友还是不明白，就说：“人自然不同。人并不叫，因为比鸟进步多了。”

听到朋友这答非所问的错误处，我只能皱了眉头望那博学朋友，什么话也不说了。朋友走后我躺到床上去，等候黄昏的重来，黄昏终于又悄悄的来了。

上海关心到我生活的人，来信问，是不是人到了北京好一点？回信却说，很愿意再回上海。

廿年六月廿一写于北京西郊，十月改于青岛

原载 1930 年《新月》第 3 卷第 10 期。这是作者以《中年》为篇名的作品之一。

辑二 散文

沈从文与张兆和 1935 年夏在苏州

我读一本小书同时又读一本大书

我能正确记忆到我小时的一切，大约在两岁左右。我从小到四岁左右，始终健全肥壮如一只小豚。四岁时母亲一面告给我认方字，外祖母一面便给我糖吃，到认完六百生字时，腹中生了蛔虫，弄得黄瘦异常，只得每天用草药蒸鸡肝当饭。那时节我即已跟随了两个姊姊，到一个女先生处上学。那人既是我的亲戚，我年龄又那么小，过那边去念书，坐在书桌边读书的时节较少，坐在她膝上玩的时间或者较多。

到六岁时，我的弟弟方两岁，两人同时出了疹子。时正六月，日夜皆在吓人高热中受苦，又不能躺下睡觉，一躺下就咳嗽发喘，又不要人抱，抱时全身难受。我还记得我同我那弟弟两人当时皆用竹簟卷好，同春卷一样，竖立在屋中阴凉处。家中人当时业已为我们预备了两具小小棺木，搁在院中廊下。但十分幸运，两人到后居然全好了。我的弟弟病后家中特别为他雇请了一个壮实高大的苗妇人照料，照料得法，他便壮大异常。我因此一病，却完全改了样子，从此不再与肥胖为缘了。

六岁时我已单独上了私塾。如一般风气，凡是私塾中给予小孩子的虐待，我照样也得到了一份。但初上学时我因为在家中业已认字不少，记忆力从小又似乎特别好，比较其余小孩，可谓十分幸福。第二年后换了一个私塾，在这私塾中我跟从了几个较大的学生，学会了顽劣孩子抵抗顽固塾师的方法，逃避那些书本去同一切自然相亲近。这一年的生活形成了我一生性格与感情的基础。我间或逃学，且一再说谎，掩饰我逃学应受的处罚。我的爸爸因这件事十分愤怒，有一次竟说若再逃学说谎，便当实行砍去我一个手指。我仍然不为这话所恐吓，机会一来时总不把逃学的机会轻轻放过。当我学会了用自己眼睛看世界一切，到一切生活中去生活时，学校对于我便已毫无兴味可言了。

我爸爸平时本极爱我，我曾经有一时还作过我那一家的中心人物。稍稍害点病时，一家人便光着眼睛不即睡眠，在床边服侍我，当我要谁抱时谁就伸出手来。家中那时经济情形很好，我在物质方面所享受到的，比起一般亲戚小孩似乎皆好得多。我的爸爸既一面只作将军的好梦，一面对于我却怀了更大的希望。他仿佛早就看出我不是个军人，不希望我作将军，却告诉我祖父的许多勇敢光荣的故事，以及他庚子年间所得的一分经验。他以为我不拘作什么事，总之应比作个将军高些。第一个赞美我明慧的就是我的爸爸。可是当他发现了我成天从塾中逃出到太阳底下同一群小流氓游荡，任何方法都不能拘束这颗小小的心，且不能禁止我狡猾的说谎时，我的行为实在伤了这个军人的心。同时那小我四岁的弟弟，因为看护他的苗妇人照料十分得法，身体养育得强壮异常，年龄虽小，便显得气派宏大，凝静结实，且极自重自爱，故家中人对我感到失望时，对他便异常关切起来。这小孩子到后来也并不辜负家中人的期望，二十二岁时便作了步兵上校。至于我那个爸爸，却在蒙古，东北，西藏，各处军队中混过，民国二十年时还只是一个上校，在本地土著军队里作军医（后改为中医院长），把将军希望留在弟弟身上，在家乡从一种极轻微的疾病中便瞑目了。

我有了外面的自由，对于家中的爱护反觉处处受了牵制，因此家中人疏忽了我的生活时，反而似乎使我方便了一些。领导我逃出学塾，尽我到日光下去认识这大千世界微妙的光，稀奇的色，以及万汇百物的动静，这人是我一个张姓表哥。他开始带我到他家中橘柚园中去玩，到城外山上去玩，到各种野孩子堆里去玩，到水边去玩。他教我说谎，用一种谎话对付家中，又用另一种谎话对付学塾，引诱我跟他各处跑去。即或不逃学，学塾为了担心学童下河洗澡，每度中午散学时，照例必在每人左手心中用朱笔写一大字，我们尚依然能够一手高举，把身体泡到河水中玩个半天，这方法也亏那表哥想出的。我感情流动而不凝固，一派清波给予我的影响实在不小。我幼小时较美丽的生活，大部分都与水不能分离。我的学校可以说是在水边的。我认识美，学会思索，水对我有极大的关系。我最初与水接近，便是那荒唐表哥领带的。

现在说来，我在作孩子的时代，原来也不是个全不知自重的小孩子。我并不愚蠢。当时在一班表兄弟中和弟兄中，似乎只有我那个哥哥比我聪明，我却比其他一切孩子解事。但自从那表哥教会我逃学后，我便成为毫不自重的人了。在各样教训各样方法管束下，我不欢喜读书的性情，从塾师方面，从家庭方面，从亲戚方面，莫不对于我感觉得无多希望。我的长处到那时只是种种的说谎。我非从学塾逃到外面空气下不可，逃学过后又得逃避处罚。我最先所学，同时拿来致用的，也就是根据各种经验来制作各种谎话。我的心总得为一种新鲜声音，新鲜颜色，新鲜气味而跳。我得认识本人生活以外的生活。我的智慧应当从直接生活上得来，却不需从一本好书一句好话上学来。似乎就只这样一个原因，我在学塾中，逃学纪录点数，在当时便比任何一人都高。

离开私塾转入新式小学时，我学的总是学校以外的。到我出外自食其力时，我又不曾在我职务上学好过什么。

二十年后我“不安于当前事务，却倾心于现世光色，对于一切成例与观念皆十分怀疑，却常常为人生远景而凝眸”，这分性格的形成，便应当溯源于小时在私塾中的逃学习惯。

自从逃学成习惯后，我除了想方设法逃学，什么也不再关心。

有时天气坏一点，不便出城上山里去玩，逃了学没有什么去处，我就一个人走到城外庙里去，那些庙里总常常有人在殿前廊下绞绳子，织竹簟，做香，我就看他们做事。有人下棋，我看下棋。有人打拳，我看打拳。甚至于相骂，我也看着，看他们如何骂来骂去，如何结果。因为自己既逃学，走到的地方必不能有熟人，所到的必是较远的庙里。到了那里，既无一个熟人，因此什么事皆只好用耳朵去听，眼睛去看，直到看无可看听无可听时，我便应当设计打量我怎么回家去的方法了。

来去学校我得拿一个书篮。逃学时还把书篮挂到手肘上，这就未免太蠢了一点。凡这么办的可以说是不聪明的孩子。许多这种小孩子，因为逃学到各处去，人家一见就认得出，上年纪一点的人见到时就会说：逃学的人，你赶快跑回家挨打去，不要在这里玩。若无书篮可不必受这种教训。因此我们就想出了一个方法，把书篮寄存到一个土地庙里去，那地方无一个人看管，但谁也用不着担心他的书篮。小孩子对于土地神全不缺少必需的敬畏，都信托这木偶，把书篮好好的藏到神座龛子里去，常常同时有五个或八个，到时却各人把各人的拿走，谁也不会乱动旁人的东西。我把书篮放到那地方去，次数是不能记忆了的，照我想来，搁的最多的必定是我。

逃学失败被家中学校任何一方面发觉时，两方面总得各挨一顿打，在学校得自己把板凳搬到孔夫子牌位前，伏在上面受笞。处罚过后还要对孔夫子牌位作一揖，表示忏悔。有时又常常罚跪至一根香时间。我一面被处罚跪在房中的一隅，一面便记着各种事情，想象恰如生了一对翅膀，凭经验飞到各样动人事物上去。按照天气寒暖，想到河中的鳜鱼被钓起离水以后拨刺的情形，想到天上飞满风筝的情形，想到空山中歌呼的黄鹂，想到树木上累累的果实。由于最容易神往到种种屋外东西上去，反而常把处罚的痛苦忘掉，处罚的时间忘掉，直到被唤起以后为止，我就从不曾在被处罚中感觉过小小冤屈。那不是冤屈。我应感谢那种处罚，使我无法同自然接近时，给我一个练习想象的机会。

家中对这件事自然照例不大明白情形，以为只是教师方面太宽的过失，因此又为我换一个教师。我当然不能在这些变动上有什么异议。现在说来我倒又得感谢我的家中，因为先前那个学校比较近些，虽常常绕道上学，终不是个办法，且因绕道过远，把时间耽误太久时，无可托词。现在的学校可真很远很远了，不必包绕偏街，我便应当经过许多有趣味的地方了。从我家中到那个新的学塾里去时，路上我可看到针铺门前永远必有一个老人戴了极大的眼镜，低下头来在那里磨针。又可看到一个伞铺，大门敞开，作伞时十几个学徒一起工作，尽人欣赏。又有皮靴店，大胖子皮匠天热时总腆出一个大而黑的肚皮，（上面有一撮毛！）用夹板上鞋。又有剃头铺，任何时节总有人手托一个小小木盘，呆呆的在那里尽剃头师傅刮头。又可看到一家染坊，有强壮多力的苗人，踹在凹形石碾上面，站得高高的，偏左偏右的摇荡。又有三家苗人打豆腐的作坊，小腰白齿头包花帕的苗妇人，时时刻刻口上都轻声唱歌，一面引逗缚在身背后包单里的小苗人，一面用放光的铜勺舀取豆浆。我还必需经过一个豆粉作坊，远远的就可听到骡子推磨隆隆的声音，屋顶棚架上晾满白粉条。我还得经过一些屠户肉案桌，可看到那些新鲜猪肉砍碎时尚在跳动不止。我还得经过一家扎冥器出租花轿的铺子，有白面无常鬼，蓝面魔鬼，鱼龙，轿子，金童玉女，每天且可以从他那里看出有多少人接亲，有多少冥器，那些定做的作品又成就了多少，换了些什么式样，并且还常常停顿一两分钟，看他们贴金，傅粉，涂色。

我就欢喜看那些东西，一面看一面明白了许多事情。

每天上学时，照例手肘上挂了那个竹篮，里面放两本破书，在家中虽不敢不穿鞋，可是一出了大门，即刻就把鞋脱下拿到手上，赤脚向学校走去。不管如何，时间照例是有多余的，因此我总得绕一节路玩玩。若从西城走去，在那边就可看到牢狱，大清早若干人从那方面带了脚镣从牢中出来，派过衙门去挖土。若从杀人处走过，昨天杀的人还不收尸，一定已被野狗把尸首咋碎或拖到小溪中去了，就走过去看看那个糜碎了的尸体，或拾起一块小小石头，在那个污秽的头颅上敲打一下，或用一木棍去戳戳，看看会动不动。若还有野狗在那里争夺，就预先拾了许多石头放在书篮里，随手一一向野狗抛掷，不再过去，只远远的看看，就走开了。

既然到了溪边，有时候溪中涨了小小的水，就把裤管高卷，书篮顶在头上，一只手扶书篮一只手照料裤子，在沿了城根流去的溪水中走去，直到水深齐膝处为止。学校在北门，我出的是西门，又进南门，再绕从城里大街一直走去。在南门河滩方面我还可以看一阵杀牛，机会好时恰好正看到那老实可怜畜牲放倒的情形。因为每天可以看一点点，杀牛的手续同牛内脏的位置不久也就被我完全弄清楚了。再过去一点就是边街，有织簟子的铺子，每天任何时节皆有几个老人坐在门前用厚背的钢刀破篾，有两个小孩子蹲在地上织簟子。（这种事情在学校门边也有，我对于这一行手艺，所明白的种种，现在说来似乎比写字还在行。）又有铁匠铺，制铁炉同风箱皆占据屋中，大门永远敞开着，时间即或再早一些，也可以看到一个小孩子两只手拉着风箱横柄，把整个身子的分量前倾后倒，风箱于是就连续发出一种吼声，火炉上便放出一股臭烟同红光。待到把赤红的热铁拉出搁放到铁砧上时，这个小东西，赶忙舞动细柄铁锤，把铁锤从身背后扬起，在身面前落下，火花四溅的一下一下打着。有时打的是一把刀，有时打的是一件农具。有时看到的又是用一把凿子在未淬水的刀上起去铁皮，有时又是把一条薄薄的钢片嵌进熟铁里去。日子一多，关于任何一件机器的制造秩序我也不会弄错了。边街又有小饭铺，门前有个大竹筒，插满了用竹子削成的筷子，有干鱼同酸菜，用钵头装满放在门前柜台上，引诱主顾上门，意思好像是说："吃我，随便吃我，好吃！"每次我总仔细看看，真所谓过屠门而大嚼。

我最欢喜天上落雨，一落了小雨，若脚下穿的是布鞋，即或天气正当十冬腊月，我也可以用恐怕湿却鞋袜为辞，有理由即刻脱下鞋袜赤脚在街上走路。但最使人开心事，还是落过大雨以后，街上许多地方已被水所浸没，许多地方阴沟中涌出水来，在这些地方照例常常有人不能过身，我却赤着两脚故意向深水中走去。若河中涨了点水，照例上游会漂流得有木头，像具，南瓜同其他东西，就赶快到横跨大河的桥上去看热闹。桥上必已经有人用长绳系了自己的腰身，在桥头上呆着，注目水中，有所等待。看到有一段大木或一件值得下水的东西浮来时，就踊身一跃，骑到那树上，或傍近物边，把绳子缚定，自己便快快的向下游岸边泅去。另外几个在岸边的人把水中人援助上岸后，就把绳子拉着，或缠绕到大石上大树上去，于是第二次又有第二人来在桥头上等候。我欢喜看人在洄水里扳罾，巴掌大的活鱼在网中蹦跳。一涨了水照例也就可以看这种有趣味的事情。照家中规矩，一落雨就得穿上钉鞋，我可真不愿意穿那种笨重钉鞋。虽然在半夜时有人从街巷里过身，钉鞋声音实在好听，大白天对于钉鞋我依然毫无兴味。

若在四月落了点小雨，山地里田塍上各处皆是蟋蟀声音，真使人心花怒放。在这些时节，我便觉得学校真没有意思，简直坐不住，总得想方设法逃学上山去捉蟋蟀。有时没有什么东西安置这小东西，就走到那里去，把第一只捉到手后又捉第二只，两只手各有一只后，就听第三只。本地蟋蟀原分春秋二季，春季的多在田间泥里草里，秋季的多在人家附近石罅里瓦砾中，如今既然这东西只在泥层里，故即或两只手心各有一匹小东西后，我总还可以想方设法把第三只从泥土中赶出，看看若比较手中的大些，即开释了手中所有，捕捉新的，如此轮流换去，一整天方捉回两只小虫。城头上有白色炊烟，街巷里有摇铃铛卖煤油的声音，约当下午三点左右时，赶忙走到一个刻花板的老木匠那里去，很兴奋的同那木匠说：

“师傅师傅，今天可捉了大王来了！”

那木匠便故意装成无动于中的神气，仍然坐在高凳上玩他的车盘，正眼也不看我的说：“不成，要打打得赌点输赢！”

我说：“输了替你磨刀成不成？”

“嗨，够了，我不要你磨刀，上次磨凿子还磨坏了我的家伙！”

这不是冤枉我的一句话，我上次的确磨坏了他的一把凿子。不好意思再说磨刀了，我说：

“师傅，那这样办法，你借给我一个瓦盆子，让我自己来试试这两只谁能干些好不好？”我说这话时真怪和气，为的是他以逸待劳，不允许我还是无办法。

那木匠想了想，好像莫可奈何的样子：“借盆子得把战败的一只给我，算作租钱。”

我满口答应：“那成那成。”

于是他方离开车盘，很慷慨的借给我一个泥罐子，顷刻之间我也就只剩下一只蟋蟀了。这木匠看看我捉来的虫还不坏，必向我提议：“我们来比比，你赢了，我借你这泥罐一天；你输了，你把这蟋蟀输给我：办法公平不公平？”我正需要那么一个办法，连说公平公平，于是这木匠进去了一会儿，拿出一只蟋蟀来同我一斗，不消说，三五回合我的自然又败了。他用的蟋蟀照例却常常是我前一天输给他的。那木匠看看我有点颓丧，明白我认识那匹小东西，担心我生气时一摔，一面赶忙收拾盆罐，一面带着鼓励我神气笑笑的说：

“老弟，老弟，明天再来，明天再来！你应当捉好的来，走远一点。明天来，明天来！”

我什么话也不说，微笑着，出了木匠的大门，回家了。

这样一整天在为雨水泡软的田塍上乱跑，回家时常常全身是泥，家中当然一望而知，于是不必多说，沿老例跪一根香，罚关在空房子里，不许哭，不许吃饭。等一会儿我自然可以从姊姊方面得到充饥的东西，悄悄的把东西吃下以后，我也疲倦了，因此空房中即或再冷一点，老鼠来去很多，一会儿就睡着，再也不知道如何上床的事了。

即或在家中那么受折磨，到学校去时又免不了补挨一顿板子，我还是在想逃学时就逃学，决不为经验所恐吓。

有时逃学又只是到山上去偷人家园地里的李子枇杷，主人拿着长长的竹杆子大骂着追来时，就飞奔而逃，逃到远处一面吃那个赃物，一面还唱山歌气那主人。总而言之，人虽小小的，两只脚跑得很快，什么茨棚里钻去也不在乎，要捉我可捉不到，就认为这种事很有趣味。

可是只要我不逃学，在学校里我是不至于像其他那些人受处罚的。我从不用心念书，但我从不在应当背诵时节无法对付。许多书总是临时来读十遍八遍，背诵时节却居然琅琅上口，一字不遗。也似乎就由于这分小小聪明，学校把我同一般人的待遇，更使我轻视学校。家中不了解我为什么不想上进，不好好的利用自己聪明用功，我不了解家中为什么只要我读书，不让我玩。我自己总以为读书太容易了点，把认得的字记记那不算什么希奇。最希奇处应当是另外那些人，在他那分习惯下所做的一切事情。为什么骡子推磨时得把眼睛遮上？为什么刀得烧红时在水里一淬方能坚硬？为什么雕佛像的会把木头雕成人形，所贴的金那么薄又用什么方法作成？为什么小铜匠会在一块铜板上钻那么一个圆眼，刻花时刻得整整齐齐？这些古怪事情太多了。

我生活中充满了疑问，都得我自己去找寻答解。我要知道的太多，所知道的又太少，有时便有点发愁。就为的是白日里太野，各处去看，各处去听，还各处去嗅闻：死蛇的气味，腐草的气味，屠户身上的气味，烧碗处土窑被雨以后放出的气味，要我说来虽当时无法用言语去形容，要我辨别却十分容易。蝙蝠的声音，一只黄牛当屠户把刀剸进它喉中时叹息的声音，藏在田塍土穴中大黄喉蛇的鸣声，黑暗中鱼在水面泼刺的微声，全因到耳边时分量不同，我也记得那么清清楚楚。因此回到家里时，夜间我便做出无数希奇古怪的梦。这些梦直到将近二十年后的如今，还常常使我在半夜里无法安眠，既把我带回到那个“过去”的空虚里去，也把我带往空幻的宇宙里去。

在我面前的世界已够宽广了，但我似乎就还得一个更宽广的世界。我得用这方面弄到的知识证明那方面的疑问。我得从比较中知道谁好谁坏。我得看许多业已由于好询问别人，以及好自己幻想，所感觉到的世界上的新鲜事情，新鲜东西。结果能逃学我逃学，不能逃学我就只好做梦。

照地方风气说来，一个小孩子野一点的照例也必需强悍一点，因此各处方能跑去。各处跑去皆随时会有一样东西在无意中扑到你身边来，或是一只凶恶的狗，或是一个顽劣的人。无法抵抗这点袭击，就不容易各处自由放荡。一个野一点的孩子，即或身边不必时时刻刻带一把小刀，也总得带一削光的竹块，好好的插到袴带上；遇机会到时，就取出来当作军器，尤其是到一个离家较远的地方去看木傀儡戏，不准备厮杀一场简直不成。你能干点，单身往各处去，有人挑战时还只是一人近你身边来恶斗，若包围到你身边的顽童人数极多，你还可挑选同你精力不大相差的一人；你不妨指定其中之一个说：

“要打吗？你来。我同你来。”

到时也只那一个人拢来，被他打倒，你活该，只好伏在地上尽他压着痛打一顿。你打倒了他，他活该，你把他揍够后你当时可以自由走去，谁也不会追你，只不过说句“下次再来”罢了。

可是你根本上若就十分怯弱？即或结伴同行，到什么地方去时，也会有人特意挑出你来殴斗，应战你得吃亏，不答应你得被仇人与同伴两方面奚落，顶不经济。

感谢我那爸爸给了我一分勇气，人虽小，到什么地方去我总不吓怕。到被人围上必需打架时，我能挑出那些同我不差多少的人来，我的敏捷同机智，总常常占点上风。有时气运不佳，无意中被人摔倒，我还会有方法翻身过来压到别人身上去。在这件事上我只吃过一次亏，不是一个小孩，却是一只恶狗，把我攻倒后，咬伤了我一只手。我走到任何地方去皆不怕谁，同时又换了好些私塾，各处皆有些同学，并且互相皆逃过学，便有无数朋友，因此也不会同人打架了。可是自从被那只恶狗攻过一次以后，到如今我却依然十分怕狗。

至于我那地方的大人，用单刀在大街上决斗本不算回事。事情发生时，那些有小孩子在街上玩的母亲，也不过说：“小杂种，站远一点，不要太近！”嘱咐小孩子稍稍站开点儿罢了。但本地军人互相砍杀虽不出奇，行刺暗算却不作兴。这类善于殴斗的人物，在当地另成一组，豁达大度，谦卑接物，为友报仇，爱义好施，且多非常孝顺。但这类人物为时代所陶冶，到民五以后也就渐渐消灭了，虽有些青年军官还保存那点风格，风格中最重要的一点洒脱处，却为了军纪一类影响，大不如前辈了。

我有三个堂叔叔，皆住在城南乡下，离城四十里左右。那地方名黄罗寨，出强悍的人同猛鸷的兽，我爸爸三岁时在那里差一点险被老虎咬去，我四岁左右，到那里第一天，就看见乡下人抬了一只死虎进城，给我留下极深刻的印象。

我还有一个表哥，住在城北十里地名长宁哨的乡下，从那里再过十里便是苗乡。表哥是一个紫色脸膛的人，一个守碉堡的战兵。我四岁时被他带到乡下去过了三天，二十年后还记得那个小小城堡黄昏来时鼓角的声音。

这战兵在苗乡有点势力，很能喊叫一些苗人。每次来城时，必为我带一只小鸡或一点别的东西。一来为我说苗人故事，临走时我总不让他走。我欢喜他，觉得他比乡下叔父有趣。

原载《沈从文全集》第13卷。

学历史的地方

从川东回湘西后，我的缮写能力得到了一方面的认识，我在那个治军有方，名誉极佳的统领官身边作书记了。薪饷仍然每月九元，却住在一个山上高处单独新房子里。那地方是本军的会议室，有什么会议需要纪录时，机要秘书不在场，间或便应归我担任。这分生活实在是我一个转机，使我对于全个历史各时代各方面的光辉，得了一个从容机会去认识，去接近。原来这房中放了四五个大楠木橱柜，大橱里约有百来轴自宋及明清的旧画，与几十件铜器及古瓷，还有十来箱书籍，一大批碑帖，不久且来了一部《四部丛刊》。这统领官既是个以王守仁曾国藩自许的军人，每个日子治学的时间，似乎便同治事时间相等，每遇取书或抄录书中某一段时，必令我去替他作好。那些书籍既各得安置在一个固定地方，书籍外边又必需作一识别，故书籍的秩序，书箱的表面，全由我去安排。旧画与古董登记时，我又得知道这一幅画的人名时代同他当时的地位，或器物名称同它的用处。全由于应用，我同时就学会了许多知识。又由于习染，我成天翻来翻去，把那些旧书大部分也慢慢的看懂了。

我的事情那时已经比我在参谋处服务时忙了些，任何时节都有事作。我虽可随时离开那会议室，自由自在到别一个地方去玩，但正当玩得十分畅快时，也会为一个差弁找回去的。军队中既常有急电或别的公文，于半夜时送来。回文如需即刻抄写时，我就随时得起床作事。但正因为把我仿佛关闭到这一个房子里，不便自由离开，把我一部分玩的时间皆加入到生活中来，日子一长，我便显得过于清闲了。因此无事可作时，把那些旧画一轴一轴的取出，挂到壁间独自来鉴赏，或翻开《西清古鉴》《薛氏彝器钟鼎款识》这一类书，努力去从文字与形体上认识房中铜器的名称和价值。再去乱翻那些书籍，一部书若不知道作者是什么时代的人时，便去翻《四库提要》。这就是说我从这方面对于这个民族在一段长长的年分中，用一片颜色，一把线，一块青铜或一堆泥土，以及一组文字，加上自己生命作成的种种艺术，皆得了一个初步普遍的认识。由于这点初步知识，使一个以鉴赏人类生活与自然现象为生的乡下人，进而对于人类智慧光辉的领会，发生了极宽泛而深切的兴味。若说这是个人的幸运，这点幸运是不得不感谢那个统领官的。

那军官的文稿，草字极不容易认识，我就从他那手稿上，望文会义的认识了不少新字。但使我很感动的，影响到一生工作的，却是他那种稀有的精神和人格。天未亮时起身，半夜里还不睡觉。凡事任什么他明白，任什么他懂。他自奉常常同个下级军官一样。在某一方面说来，他还天真烂熳，什么是好的他就去学习，去理解。处置一切他总敏捷稳重。由于他那分稀奇精力，筸军在湘西二十年来博取了最好的名誉，内部团结得如一片坚硬的铁，一束不可分离的丝。

到了这时我性格也似乎稍变了些，我表面生活的变更，还不如内部精神生活变动的剧烈，但在行为方面我已经同一些老同事稍稍疏远了。有时我到屋后高山去玩玩，有时又走近那可爱的河水玩玩，总拿了一本线装书。我所读的一些旧书，差不多就完全是这段时间中奠基的。我常常躺在一片草场上看书，看厌倦时，便把视线从书本中移开，看白云在空中移动，看河水中缓缓流去的菜叶。既多读了些书，把感情弄柔和了许多，接近自然时感觉也稍稍不同了。加之人又长大了一点，也间或有些不安于现实的打算，为一些过去了的或未来的东西所苦恼，因此生活虽在一种极有希望的情况中过着日子，但是我却觉得异常寂寞。

那时节我爸爸已从北方归来，正在那个前驻龙潭的张指挥部作军医正。他们军队虽有些还在川东，指挥部已移防下驻辰州。我的母亲和最小一妹皆在辰州；家中人对我前事已毫无芥蒂。我的弟弟正同我在一个部中作书记，我们感情又非常好。

我需要几个朋友，那些老朋友却不能同我谈话。我要的是个听我陈述一分酝酿在心中十分混乱的感情。我要的是对于这种感情的启发与疏解，熟人中可没有这种人。可是不久却有个人来了，是我一个姨父，这人姓聂，与熊希龄同科的进士，上一次从桃源同我搭船上行的表弟便是他的儿子，这人是那统领官的先生，一来时被接待住在对河一个庙里，地名狮子洞。为人知识极博，而且非常有趣味，我便常常过河去听他谈“宋元哲学”，谈“大乘”，谈“因明”，谈“进化论”，谈一切我所不知道却愿意知道的问题。这种谈话显然也使他十分快乐，因此每次所谈时间总很长很久。但这么一来，我的幻想更宽，寂寞也就更大了。

我总仿佛不知道应怎么办就更适当一点。我总觉得有一个目的，一件事业，让我去做，这事情是合于我的个性，且合于我的生活的，但我不明白这是什么事业，又不知用什么方法即可得来。

当时的情形在老朋友中只觉得我古怪一点，老朋友同我玩时也不大玩得起劲了。觉得我不古怪，且互相有很好的友谊的，只四个人：一个满振先，读过《曾文正公全集》，只想作模范军人。一个陆弢，侠客的崇拜者。一个田杰，就是我小时候在技术班的同学，第一次得过兵役名额的美术学校学生，心怀大志的脚色。这三个人当年纪青青的时节，便一同徒步从黔省到过云南，又徒步过广东，又向西从宜昌徒步直抵成都。还有一个回教徒郑子参，从小便和我在小学里念书，我在参谋处办事时节，便同他在一个房子里住下。平常人说的多是幼有大志，投笔从戎，我们当时却多是从戎而无法投笔的人。我们总以为这目前一分生活不是我们的生活。目前太平凡，太平安。我们要冒点险去作一件事，不管所作的是一件如何小事，当我们未明白以前，总得让我们去挑选，不管到头来如何不幸，我们总不埋怨这命运。因此到后来姓陆的就因泅水淹毙在当地大河里。姓满的作了小军官，广西江西各处打仗，民十八在桃源县被捷克式自动步枪打死了。姓郑的从黄埔四期毕业，在东江作战以后，也消失了。姓田的从军官学校毕业作了连长，现在还是连长。我就成了如今的我。

我们部队既派遣了一个部队过川东作客，本军又多了一个税收局卡，给养也充足了些。那时“兵工筑路垦荒”，“办学校”，“兴实业”，几个题目正给许多人在报纸上讨论。那个统领官既力图自强，想为地方作点事情，因此亲手草了一个精密的计划，召集了几度县长与乡绅会议，计划把所辖十三县划成一百余乡区，试行湘西乡自治。草案经过各县区代表商定后，一切照决议案着手办去。不久就在保靖地方设立了一个师范讲习所，一个联合模范中学，一个女学，一个职业女学，一个模范林场。另外还组织了六个工厂。本地又原有一个军官学校，一个兵士教练营。再加上六千左右的军农队。学校教师与工厂技师，全部由长沙聘来，因此地方就骤然有了一种崭新的气象。此外为促进乡治的实现与实施，还筹备了个定期刊物，办了一部大印报机，设立了一个报馆。这报馆首先印行的便是《乡治条例》与各种规程，这种文件大部分由那统领官亲手草成，乡代表审定通过，由我在石印纸上用胶墨写过一次，现在既得用铅字印行，一个最合理想的校对，便应当是我了。我于是暂时调到新报馆作了校对，部中有文件抄写时，便又转回部中。从市街走两地相距约两里，从后山走相距稍近，我为了方便时常从那埋葬小孩坟墓上蹲满野狗的山地走过，每次总携了一个大棒。

原载《沈从文全集》第13卷。

虎雏再遇记

四年前我在上海时，曾经做过一次荒唐的打算，想把一个年龄只十四岁，生长在边陬僻壤，小豹子一般的乡下人，用最文明的方法试来造就他。虽事在当日，就经那小子的上司预言，以为我一切设计将等于白费。我却仍然不可动摇的按照计划作去。我把那小子放在身边，勒迫他读书，改造他的身体改造他的心，希望他在我教育下将来成个伟人。谁知不到一个月，就出了意外事情，那理想中的伟人生事打坏了一个人，从此便失踪了。一切水得归到海里，小豹子也只宜于深山大泽方能发展他的生命。我明白闹出了乱子以后，他必有他的生路。对于这个人此后的消息，老实说，数年来我就不大再关心了。但每当我想及自己所作那件傻事时，总不免为自己的傻处发笑。

这次湘行到达辰州地方后，我第一个见到的就是那只小豹子。除了手脚身个子长大了一些，眉眼还是那么有精神，有野性。见他时，我真是又惊又喜。当他把我从一间放满了兰草与茉莉的花房里引过，走进我哥哥住的一间大房里去，安置我在火盆边大梼木椅上坐下时，我一开口就说：

“××，××，你还活在这儿，我以为你在上海早被人打死了！”

他有点害羞似的微笑了，一面倒茶一面却轻轻的说：

“打不死，日晒雨淋吃小米包谷长大的人，不轻易打死啊！”

我说：“我早知道你打不死，而且你还打死了人。我一切知道。（说到这里时，我装成一切清清楚楚的神气。）你逃了，我明白你是什么诡计。你为的是不愿意跟在我身边好好读书，只想落草为王，故意生事逃走。可是你害得我们多难受！那教你算学的长胡子先生，自从你失踪后，他在上海各处托人打听你，奔跑了三天，为你差点儿不累倒！”

“那山羊胡子先生找我吗？”

“什么，‘山羊胡子先生！”’这字眼儿真用得不雅相，不斯文。被他那么一说，我预备要说的话也接不下去了。

可是我看看他那双大手以及右手腕上那个夹金表，就明白我如今正是同一个大兵说话，并不是同四年前那个“虎雏”说话了。我错了。得纠正自己，于是我模仿粗暴笑了一下，且学作军官们气魄向他说：

“我问你，你为什么打死了人，怎么又逃了回来？不许瞒我一个字，全为我好好说出来！”

他仍然很害羞似的微笑着，告给我那件事情的一切经过。旧事重提，显然在他这种人并不什么习惯，因此不多久，他就把话改到目前一切来了。他告我上一个月在铜仁方面的战事，本军死了多少人。且告我乡下种种情形，家中种种情形。谈了大约一点钟，我那哥哥穿了他新作的宝蓝缎面银狐长袍，夹了一大卷京沪报纸，口中嘘嘘吹着奇异调门，从军官朋友家里谈论政治回来了，我们的谈话方始中断。

到我生长那个石头城苗乡里去，我的路程尚应当有四个日子，两天坐原来那只小船，两天还得坐了小而简陋的山轿，走一段长长的山路。在船上虽一切陌生，我还可以用点钱使划船人同我亲热起来。而且各个码头吊脚楼的风味，永远又使我感觉十分新鲜。至于这样严冬腊月，坐两整天的轿子，路上过关越卡，且得经过几处出过杀人流血案子的地方，第一个晚上，又必需在一个最坏的站头上歇脚，若没个熟人，可真有点儿麻烦了。吃晚饭时，我向我那个哥哥提议，借这个副爷送我一趟。因此第二天上路时，这小豹子就同我一起上了路。临行时哥哥别的不说，只嘱咐他“不许同人打架”。看那样子，就可知道“打架”还是这个年轻人唯一的行业。

在船上我得了同他对面谈话的方便，方知道他原来八岁里就用石头从高处砸坏了一个比他大过五岁的敌人，上海那件事发生时，在他面前倒下的，算算已是第三个了。近四年来因为跟随我那上校弟弟驻防溆浦，派归特务队服务，于是在正当决斗情形中，倒在他面前的敌人数目比从前又增加了一倍。他年纪到如今只十八岁，就亲手放翻了六个敌人，而且照他说来，敌人全超过了他一大把年龄。好一个漂亮战士！这小子大致因为还有点怕我，所以在我面前还装得怪斯文，一句野话不说，一点蛮气不露，单从那样子看来，我就不很相信他能同什么人动手，而且一动手必占上风。

船上他一切在行，篙桨皆能使用，做事时伶便敏捷，似乎比那个小水手还得力。船搁了浅，弄船人无法可想，各跳入急水中去扛船时，他也就把上下衣服脱得光光的，跳到水中去帮忙。（我得提一句，这是十二月！）

照风气，一个体面军官的随从，应有下列几样东西：一个奇异牌的手电灯，一枚金手表，一枝匣子炮。且同上司一样，身上军服必异常整齐。手电灯用来照路，内地真少不了它。金手表则当军官发问："护兵，什么时候了？"就举起手腕一看来回答。至于匣子炮，用处自然更多了。我那弟弟原是一个射击选手，每天出野外去，随时皆有目标拍的来那么一下。有时自己不动手，必命令勤务兵试试看。（他们每次出门至少得耗去半夹子弹。）但这小豹子既跟在我身边，带枪上路除了惹祸可以说毫无用处。我既不必防人刺杀，同时也无意打人一枪，故临行时我不让他佩枪，且要他把军服换上一套爱国呢中山服。解除了武装，看样子，他已完全不像个军人，只近于一个好弄喜事的中学生了。

我不曾经提到过，我这次回来，原是翻阅一本用人事组成的历史吗？当他跳下水去扛船时，我记起四年前他在上海与我同住的情形。当时我曾假想他过四年后能入大学一年级。现在呢，这个人却正同船上水手一样，为了帮水手忙扛船不动，又湿淋淋的攀着船舷爬上了船，捏定篙子向急水中乱打，且笑嘻嘻的大声喊嚷。我在船舱里静静的望着他，我心想：幸好我那荒唐打算有了岔儿，既不曾把他的身体用学校固定，也不曾把他的性灵用书本固定。这人一定要这样发展才像个人！他目前一切，比起住在城里大学校的大学生，开运动会时在场子中呐喊吆喝两声，饭后打打球，开学日集合好事同学通力合作折磨折磨新学生，派头可来得大多了。

等到船已挪动水手皆上了船时，我喊他：

“××，××，唉唉，你不冷吗？快穿起你的衣来！”

他一面舞动手中那枝篙子，一面却说：

“冷呀，我们在辰州前些日子还邀人泅过大河！”

到应吃午饭时，水手无空闲，船上烧水煮饭的事皆完全由他作。

把饭吃过后，想起临行时哥哥嘱咐他的话，要他详详细细的来告给我那一点把对手放翻时的“经验”，以及事前事后的“感想”。“故事”上半天已说过了，我要明白的只是那些故事对于他本人的“意义”。我在他那种叙述上，我敢说我当真学了一门稀奇的功课。

他的坦白，他的口才，皆帮助我认识一个人一颗心在特殊环境下所有的式样。他虽一再犯罪却不应受何种惩罚。他并不比他的敌人如何强悍，不过只是能忍耐，知等待机会，且稍稍敏捷准确一点儿罢了。当他被一个人欺侮时，他并不即刻发动，他显得很老实，沉默，且常常和气的微笑。“大爷，你老哥要这样还有什么话说吗？谁敢碰你老哥？请老哥海涵一点……”可是，一会儿，“小宝”飕的抽出来，或是一板凳一柴块打去，这“老哥”在措手不及情形中，哽了一声便被他弄翻了。完事后必需跑的自然就一跑，不管是税卡，是营上，或是修械厂，到一个新地方，住在棚里闲着，有什么就吃什么，不吃也饿得起，一见别人做事，就赶快帮忙去做，用勤快溜刷引起头目的注意。直到补了名子，因此把生活又放在一个新的境遇新的门路上当作赌注押去。这个人打去打来总不离开军队，一点生存勇气的来源却亏得他家祖父是个为国殉职的游击。“将门之子”的意识，使他到任何境遇里皆能支撑能忍受。他知道游击同团长名分差不多，他希望作团长。他记得一句格言：“万丈高楼从地起”，他因此永远能用起码名分在军队里混。

对于这个人的性格我不希奇，因为这种性格从三厅屯垦军子弟中随处可以发现。我只希奇他的命运。

小船到辰河著名的“箱子岩”上游一点，河面起了风，小船拉起一面风帆，在长潭中溜去。我正同他谈及那老游击在台湾与日本人作战殉职的遗事，且劝他此后忍耐一点，应把生命押在将来对外战争上，不宜于仅为小小事情轻生决斗。想要他明白私斗一则不算脚色，二则妨碍事业。见他把头低下去，长长的放了一口气，我以为所说的话有了点儿影响，心中觉得十分快乐。

经过一个江村时，有个跑差军人身穿军服斜背单刀正从一只方头渡船上过渡，一见我们的小船，装载极轻，走得很快，就喊我们停船，想搭便船上行。船上水手知道包船人的身分，就告给那军人，说不方便，不能停船。

赶差军人可不成，非要我们停船不可。说了些恐吓话，水手还是不理会。我正想告给水手要他收帆停船，渡那个军人搭坐搭坐，谁知那军人性急火大，等不得停船，已大声辱骂起来了。小豹子原蹲在船舱里，这时方爬出去打招呼：

“弟兄，弟兄，对不起，请不要骂！我们船小，也得赶路，后面有船来，你搭后面那一只船吧。”

那一边看看船上是一个中学生样子人物，就说：

“什么对不起，赶快停停！掌舵的，你不停船我 × 你的娘，到码头时我要用刀杀你这狗杂种！”

那个掌梢人正因为风紧帆饱，一面把帆绳拉着，一面就轻轻的回骂：“你杀我个鸡公，我怕你！”

小豹子却依然向那军人很和气的说：“弟兄，弟兄，你不要骂人！全是出门人，不要骂人！”

“我要骂人怎么样？我骂你，我就骂你，……你到码头等我！”

我担心这口舌，便喊叫他：“××！”

小豹子被那军人折辱了，似乎记起我的劝告，一句话不说，摇摇头，默然钻进了船舱里。只自言自语的说：“开口就骂人，不停船就用刀吓人，真丢我们军人的丑。”

那时节跑差军人已从渡船上了岸，还沿河追着我们的小船大骂。

我说：“××，你同他说明白一下好些，他有公事我们有私事，同是队伍里的人，请他莫骂我们莫追我们。”

“不讲道理让他去，不管他。他疑心这小船上有女人，以为我们怕他！”

小船挂帆走风，到底比岸上人快一些，一会儿，转过山岨时，那个军人就落后了。

小船停到 ×× 时，水手全上岸买菜去了，小豹子也上岸买菜去了，各人去了许久方回来。把晚饭吃过后，三个水手又说得上岸有点事，想离开船，小豹子说：

“你们怕那个横蛮兵士找来，怕什么？不要走，一切有我！这是大码头，有部队驻扎到这里，凡事得讲个道理！”

几个船上人虽分辩着，仍然一同匆匆上岸去了。

到了半夜水手们还不回来睡觉，我有点儿担心，小豹子只是笑。我说：

“几个人会被那横蛮军人打了，××，你上去找找看！”

他好像很有把握笑着说：“让他们去，莫理他们。他们上烟馆同大脚妇人吃荤烟去了，不会挨打。”

“我担心你同那兵士打架，惹了祸真麻烦我。”

他不说什么，只把手电灯照他手上的金表，大约因为表停了，轻轻的骂了两句野话。待到三个水手回转船上时，已半夜过了。

第二天一早，天还未大明，船还不开头，小豹子就在被中咕喽咕喽笑。我问他笑些什么，他说：

“我夜里做梦，居然被那横蛮军人打了一顿。”

我说：“梦由心造，明明白白是你昨天夜里想打他，所以做梦就挨打。”

那小豹子睡眼迷朦的说：“不是日里想打他，只是昨天煞黑时当真打了那家伙一顿！”

“当真吗？你不听我话，又闹乱子打架了吗？”

“那里那里，我不说同谁打什么架！”

“你自己承认的，我面前可说谎不得！你说谎我不要你跟我。”

他知道他露了口风，把话说走，就不再作声了，咕咕笑将起来。原来昨天上岸买菜时，他就在一个客店里找着了那军人，把那军人嘴巴打歪，并且差一点儿把那军人膀子也弄断了。我方明白他昨天上岸买菜去了许久的理由。

以《虎雏再遇记——湘行散记》为篇名，发表于1934年10月《水星》1卷1期。

北平的印象和感想

油在水面，就失去了粘腻性质，转成一片虹彩，幻美悦目，不可仿佛。人的意象，亦复如是。有时平匀敷布于岁月时间上，或由于岁月时间所作成的幕景上，即成一片虹彩，具有七色，变易倏忽，可以感觉，不易揣摸。生命如泡沤，如露亦如电，惟其如此，转令人于生命一闪光处，发生庄严感应。悲悯之心，油然而生。

十月已临，秋季行将过去。迎接这个一切沉默但闻呼啸的严冬，多少人似乎尚毫无准备。从眼目所及说来，在南方有延长到三十天的满山红叶黄叶，满地露水和白霜。池水清澄、明亮，如小孩子眼睛。这些孩子上早学的，一面走一面哈出白气，两手玩水玩霜时不免冻得红红的，于是冬天真来了。在北方则大不相同。一星期狂风，木叶尽脱。只树枝剩余一二红点子，柿子和海棠果，依稀还留下点秋意。随即是负煤的脏骆驼，成串从四城涌进。（从天安门过身时，这些和平生物可能抬起头，用那双忧愁小眼睛望望新油漆过的高大门楼，容许发生一点感慨：“你东方最大的一个帝国，四十年，什么全崩溃下来了。这就是只重应付现实缺少高尚理想的教训，也就是理想战胜事实的说明。而且适用于任何时代任何民族。后来者缺少历史知识，还舍不得这些木石堆积物，从新装饰，用它来点缀政治，这有何用？”也容许正在这时，忽然看到那个停于两个大石狮前面的一件东西，八个或十个轮子，结结实实。一个钢铁管子，斜斜伸出。一切虽用一片油布罩上，这生物可明白那是一种力量，另外一种事实，——美国出品坦克。到这时，感慨没有了。怕犯禁忌似的，步子一定快了一点，出月洞门转过南池子，它得上大图书馆卸煤！）还有那个供屠宰用的绵羊群，也挤挤挨挨向四城拥进。说不定在城洞前时，正值一辆六轮大汽车满载新征发的壮丁由城内驶出，这一进一出，恰证实古代哲人一生用千言万语也说不透澈的“圣人不仁”和“有生平等”。——于是冬天真来了。

就在这个时节，我回到了相去九年的北平。心情和二十五年前初到北京下车时相似而不同。我还保留二十岁青年初入百万市民大城的孤独心情在记忆中，还保留前一日南方的夏天光景在感觉中。这两种绝不相同的成分，为一个粮食杂货店中放出的收音机京戏给混合后，第一眼却发现北平的青柿和枣子已上市，共同搁在一辆手推货车上，推车叫卖的“老北京”已白了头。在南方时常听人作新八股腔论国事说："此后南京是政治中心，上海是商业中心，北平是文化中心。"话说得虽动人，实并不可靠。政治中心照例拥有权势，商业中心照例拥有财富，这个我相信。然而权势和财富都可改作"美国"，两个中心原来就和老米（"美"，凤凰土音读作"米"）不可分！至于文化中心，必拥有知识得人尊敬，拥有文物足以刺激后来者怀古感今而敢于寄托希望于未来。北平的知识分子的确算得比中国任何一个城市还丰富，不过北京城既那么高，每个人家的墙壁照例那么多而厚，知识可能流注交换，但可能出城？不免令人怀疑。历史的伟大在北平文物上，即使不曾保留全部，至少还保留一部分。可是试追究追究保留下来的用处，能不能激发一个中国年青人的生命热忱，或一种感印、思索，引起他向过去和未来发生一点深刻的爱？由于爱，此后即活得更勇敢些，坚实些，也合理些？实在使人怀疑。若所保留下来的庄严伟大和美丽，既缺少对于活人教育的能力，只不过供星期天或平常日子游人赏玩，或军政要人宴客开会，游人之一部分，说不定还充满游猎兴趣，骑马牵狗到处奔窜，北平的文物即保留得再多，作用也就有限。给予多数人的知识，不过是让人知道前一代胡人统治的帝国，奴役人民二百年，用人民血汗劳力建筑有多大的花园，多大的庙宇宫殿，此外可谓毫无意义可言。一个美国游览团团员，具有调查统治中国兴趣的美国军官的眷属，格利佛老太太，阿丽司小姐，可以用它来平衡《马可孛罗游记》所引起她灵魂骚乱的情感（这情感中或许还包含她来中国偶然嫁一蒙古王子的愿望。）一个中国人，假如说，一个某种无知自大的中国人，不问马夫或将军，他也许只会觉得他占领征服了北京城，再也不会还想到他站到的脚下，还有历史。在一个惟有历史却无从让许多人明白历史的情形下，北平的文化价值，如何能使中国人对之表示应有的尊敬，北平有知识的人，教育人的人，实值得思索，值得重新思索；北平的价值和意义，似乎方有希望让少数学生稍稍知道！

北平入秋的阳光，事实上也就可教育人。从明朗阳光和澄蓝天空中，使我温习起住过十年的昆明景象。这时节的云南，风雨季大致已经成为过去，阳光同样如此温暖美好，然而继续下去，却是一切有生机的草木无形死去。我奇怪八年的沦陷，加上新的种种忌讳，居然还有成群的白鸽，敢在用蓝天作背景寒冷空气中自由飞翔。微风刷动路旁的树枝，卷起地面落叶，窸窸窣窣如对于我的疑问有所回答："凡是在这个大城上空绕绕大小圈子的自由，照例是不会受干涉的。这里原有充分的自由，犹如你们在地面，在教室或客厅中。""你这个话可是存心有点？""不，鲁迅早死了。讽刺和他同时死去了已多年。”“我完全否认你这种态度。”“可是你必然完全同意我说及的事实。”这个想象的对话很怪，我疑心有人窃听。试各处看看，没有一个“人”。街上到处走的是另外一种人。我起始发现满街每个人家屋檐下的一面国旗，提醒这是个节日，随便问铺子中人，才知悉和尊师重道有关，当天举行八年来第一回的祭孔大典，全国还将同日举行这个隆重典礼。我重新关心到苏州平江府那个大而荒凉的文庙，这一天，文庙两廊豢养的几十匹膘壮日本军马，是不是暂时会由那一排看马的病兵牵出，让守职二十年饿得瘦瘪瘪的苏中苏小那一群老教师，也好进孔庙行个礼；且不至于想到讲堂作马厩，而情感脆弱露出酸态？军马即可暂时牵出，正殿上那个无央数身分不明的蝙蝠，又如何处理？可有人乐意接收，乐意保管，更乐意此后即不再交出，马虎过去？万千蝙蝠既占据大成殿的全部，听其自然，又那能使师道尊严？中国孔庙廊庑用来养马的，一定不止平江府，曲阜那一座可能更不堪。这也正象征北平南京师道在仪式上虽被尊敬，其余还有多少地方的师道，却仍在军马与蝙蝠之中讨生活，其无从生活可想而知。

我起始在北平市大街上散步。想在散步处地面发现一二种小虫蚁，具有某种不同意志，表现到它本身奇怪造形上，斑驳色彩上，或飞鸣宿食性情上；但无满意结果。人倒很多，汽车，三轮车，洋车，自行车上面都有人。和上海最大不同，街路宽阔而清洁，车辆上的人都似乎不必担心相互撞碰。可是许多人一眼看去，样子都差不多，睡眠不足，营养不足。吃得胖胖的特种人物，包含伟人和羊肉馆掌柜，神气之间便有相通处。俨然已多少代都生活在一种无信心，无目的，无理想情形中，脸上各部官能因不曾好好运用，都显出一种疲倦或退化神情。另外一种即是油滑，市侩、乡愿、官僚、××、特有的装作憨厚混合谦虚的油滑。他也许正想起从某某猪太郎转手的某注产业的数目；他也许正计画如何用过去与某某龟太郎活动的方式又来参加什么文化活动，也许还得到某种新的特许……然而从深处看，这种人却又一例还有种做人的是非义利冲突，"羞耻"与"无所谓"冲突，而遮掩不住的凄苦表情。在这种人群中散步，我当然不免要胡思乱想。我们是不是还有方法，可以使这些人恢复正常人的反应，多有一点生存兴趣，能够正常的哭起来，笑起来？我们是不是还可望另一种人在北平市不再露面，为的是他明白羞耻二字的含义，自己再也不好意思露面？我们是不是对于那些更年青的一辈，从孩子时代起始，在教育中应加强一点什么成分，如营养中的维他命，使他们在生长中的生命，待发展的情绪，得到保护，方可望能抵抗某种抽象恶性疾病的传染？方可望于成年时能对于腐烂人类灵魂的事事物物，具有一点抵抗力？

我们似乎需要“人”来重新写作“神话”。这神话不仅综合过去人类的抒情幻想与梦，加以现世成分重新处理。应当是综合过去人类求生的经验，以及人类对于人的认识，为未来有所安排。有个明天威胁他，引诱他。也许教育这个坐在现实滚在现实里的多数，任何神话都已无济于事。然而还有那个在生长中的孩子群，以及从国内各地集中于这个大城的青年学生群，很显明的事，即得从宫殿、公园、学校中的图书馆或实验室以外，还要点东西，方不至于为这个大城中的历史暮气与其他新的有毒不良气息所中，失去一个中国人对人生向上应有的信心，要好好的活与能够更好的活的信心！在某种意义上说来，这个信心更恰当名称或叫作“野心”。即寄生于这一片黄土上年青的生命，对重造社会重造国家应有的野心。若事实上教书的，做官的，在一切社会机构中执事服务的，都吓怕幻想，吓怕理想，认为是不祥之物，决不许与现实生活发生关系时，北平的明日真正对人民的教育，恐还需寄托在一种新的文学运动上。文学运动将从一更新的观点起始，来着手，来展开。

想得太远，路不知不觉也走得远了些。一下子我几乎撞到一个拦路电网上。你们可能想得到，北平目前到处还需要一些无固定性的铁丝网，或火力网，点缀胜利一年以后的古城？

两个人起始摸我的身上，原来是检查。从后方昆明来的教师，似不必要受人作这种不愉快的按摩表示敬意！但是我不曾把我身分说明，因为这是个尊师重教的教师节，免得在我这个“复杂”头脑和另一位“统一”头脑中，都要发生混乱印象。

好在我头脑装的虽多，身上带的可极少，所以一会儿即通过了。回过头看看时，正有两个衣冠整齐的绅士下车，等待检查，样子谦和而恭顺。我知道，他两位十年中一定不曾离开北京，因为困辱了十年，已成习惯，容易适应。

北平的冬天快来了，许多人都担心御冬的燃料大有问题。北平缺少的十分严重的不仅是煤。煤只能暖和身体，无从暖和这大城中过百万人的疲乏僵硬的心！我们可想起零下三十度的一些地方，还有五十万人不怕寒冷在打仗？虽说这是北平城外很远地方发生的事，却是一件真实事情，发展下去可能有二十万壮丁的伤亡，千百万人民的流离转徙，比缺煤升火炉还严重得多！若我们住在北平城里的读书人，能把缺煤升大火炉的忧虑，转而体会到那零下卅度的地方战事之如何近于不必要，则据我私意，到十二月我们的课堂即再冷一些，年青学生也不会缺课，或因无火炉而感到埋怨。读书人纵无能力制止这一代战争的继续，至少还可以鼓励更年青一辈，对国家有一种新的看法，到他们处置这个国家一切时，决不会还需要用战争来调整冲突和矛盾！如果大家苦熬八年回到了北平，连这点兴趣也打不起，依然只认为这是将军、伟人、壮丁、排长们的事情，和我们全不相干，沉默也即是一种否认，很可能我们的儿女，就免不了有一天以此为荣，反而去参加热闹。张家口那方面，目前即有不少我们的子侄我们的学生。我们是鼓励他们作无望流血，还是希望他们从新作起？显然两者都不济事，时间太迟了。他们的弟妹又在长成，又在那里“受训”。为人父或教人子弟的，实不能不把这些事想得远一点，深一点，因为目前的事和明日的事决不可分。战事如果是属于知识以外某种不健康情感的迸发与排泄，即不免有传染性，有继续性。当前的国力浪费，即种因于近三十年北平城所拥有的知识的孤立，以及和另外任何一处所拥有的武力，各自存在，各自发展。熟习历史的，教人时既从不参证过历史上“知识”的意义、作用和可能，纵不能代替武力，也还可平衡武力。过去事不曾给我们以教训，而对未来知所防止。所以三五个壮士一天内用卡车装走了清华园一批物品，三个专家半年努力也即恢复不了旧观。

五十万人在东北在西北的破坏，若尚不能引起我们的关心，北平的文物和知识，恐当真的就只能供第五颗原子弹作新武器毁旧文明能力的测验！住身北平教育人的似乎还需要一点教育，这教育即从一个无煤的严冬起始。

原载 1946 年 9 月 22 日《经世日报·文艺》第 6 期，1946 年 10 月《上海文化》第 9 期。原题为《新烛虚》。

三年前的十一月二十二日

六点钟时天已大亮，由青岛过济南的火车，带了一身湿雾骨碌骨碌跑去。从开车起始到这时节已整八点钟，我皆光着两只眼睛。三等车车厢中的一切全被我看到了，多少脸上刻着关外风雪记号的农民！我只不曾见到我自己，却知道我自己脸色一定十分难看。我默默地注意一切乘客，想估计是不是有一个学生模样的年轻人，认识徐志摩，知道徐志摩。我想把一个新闻告给他，徐志摩死了，就是那个给青年人以蓬蓬勃勃生气的徐志摩死了。我要找寻这样一个人说说话，一个没有，一个没有。

我想起他《火车擒着轨》那一首诗。

火车擒着轨，在黑夜里奔：
过山，过水，过陈死人的坟；
过桥，听钢骨牛喘似的叫，
过荒野，过门户破烂的庙；
…………
睁大了眼，什么事都看分明，
但自己又何尝能支使命运？

这里那里还正有无数火车的长列在寒风里奔驰，写诗的人已在云雾里全身带着火焰离开了这个人间。想到这件事情时，我望着车厢中的小孩、妇人、大兵，以及吊着长长的脖子打盹、作成缢毙姿势的人物。从衣着上看，这是个佃农管事。

当我动手把车窗推上时，一阵寒风冲醒了身旁一个瘦瘪瘪的汉子，睡眼迷朦的向窗口一望，就说“到济南还得两点钟”。说完时看了我一眼，好像知道我为什么推开这窗子吵醒了他，接着把窗口拉下，即刻又吊着颈脖睡去了。去济南的确还得两点钟！我不好意思再惊醒他了，就把那个为车中空气凝结了薄冰的车窗，抹了一阵，现出一小片透明处。望到济南附近的田地，远近皆流动着一层乳白色薄雾。黑色或茶色土壤上，各装点了细小深绿的麦秧。一切是那么不可形容的温柔，不可形容的美！我心想：为什么我会坐在这车上？为什么一个人忽然会死？我心中涌起了一种古怪的感情，我不相信这个人会死。我计算了一下，这一年还剩余两个月，十个月内我死了四个最熟的朋友。生死虽说是大事，同时也就可以说是平常事。死了，倒下了，瘪了，烂了，便完事了。倘若这些人死去值得纪念，纪念的方法应当不是眼泪，不是仪式，不是言语。采真是在武昌被人牵至欢迎劳苦功高的什么人彩牌楼下斩首的，振先是在那个永远使读书人神往倾心的“桃源洞”前被捷克制自动步枪打死的，也频是给人乱枪排了，与二十七个同伴一起躺到臭水沟里的，如今却轮到一个“想飞”的人，给在云雾里烧毁了。一切痛苦的记忆综合到我的心上，起了中和作用。我总觉得他们并不当真死去。多力的，强健的，有生气的，守住一个理想勇猛精进的，全给早早的死去了。却留下多少早就应当死去了的阉鸡、懦夫，与狡猾狐鬼，愚人妄人，在白日下吃、喝、听戏、说谎、开会、著书、批评攻击与打闹！想起生者，方使人悲哀！

落雨了，我把鼻子贴住玻璃。想起《车眺》那首诗。

八点左右火车已进了站，下了火车，坐上一辆洋车，尽那个看来十分忠厚的车夫，慢慢的拉我到齐鲁大学。在齐鲁大学见到了朱经农，一问才知道北平也来了三个人，南京也来了两个人。算算时间，北来车已差不多要到了。我就又匆匆忙忙坐了车赶到津浦车站去，同他们会面。在候车室里见着了梁思成、张慰慈同张奚若。再一同过中国银行，去找寻一个陈先生，这个陈先生便是照料志摩死后各事，前一天搁下了业务，带了人伕冒雨跑到飞机出事地点去，把志摩从飞机残烬中取出，加以洗涤，装殓，且伴同志摩遗体回到济南的。这个人在志摩生前还不与志摩认识。

见到了陈先生，且同时见到了从南京来的郭有守。我们正想弄明白出事地点在某处，预备同时前去看看。问飞机出事地点离济南多远，应坐什么车。方知道死者遗体昨天便已运到了济南，停在一个小庙里了。

那位陈先生报告了一切处置经过后，且说明他把志摩搬回济南的原因。

“我知道你们会来，我知道在飞机里那个样子太惨，所以我就眼看着他们伕子把烧焦的衣服脱去，把血污洗尽，把破碎的整理归一，包扎停当，装入棺里，设法运回济南来了！……”

他话说的似乎比记下的还多一些，说到山头的形势，去铁路的远近，山下铁路南有一个什么小村落。以及从村落中居民询问飞机出事时情形所得的种种。

那几天正值湿雾季，每天照例皆是雾。山峦，河流，人家，一概皆包裹在一种浓厚湿雾里。飞机去济南只差三十里，几分钟就应当落地。机师王姓，本来是个济南人，对于济南地方原极熟习。飞机既已平安超越了泰山高岭，估计时间应当已快到济南，或者为寻觅路途，或者为寻觅机场，把飞机降低，于是訇的碰了山崖发了火。着了火后的飞机，翻滚到山脚下，等待这种火光引起村子里人注意，赶过来看火时，飞机各部分皆着了火，已燃烧成为一团火了。躺在火中的人呢，早完事了。两个飞机师皆已成为一段焦炭，志摩坐位在后面一点，除了衣服着火皮肤有一部分灼伤外，其他地方并不着火。那天夜里落了小雨，因此又被雨淋了一夜。这件事直到第二天方为去失事地方较近的火车站站长知道，赶忙报告济南，济南派人来查验证明后，再分别拍电报告北平南京。济南方面陈先生过出事地点时，是二十的中午。棺柩运过济南时，是二十一的下午。当二十二我们到济南时，去出事时已经三天了。

我们一同过志摩停柩处去时，九点半钟，天正落小雨，地下泥滑滑的，那地方是个小庙，庙名似乎叫福缘庵。一进去小小院子里，满是济南人日常应用的陶器。这里是一堆钵头，那里有一堆瓦罐，正中有一堆大甕同一堆粗碗，两廊又是一列一列长颈脖贮酒用的罂瓶。庙内房屋只一进三间，神座上与泥地上也无处不是陶器。原来这地方是个售卖陶器的堆店。在庙中偏右神座下，停了一具棺材，两个缩头缩颈的本地人，正在那里烧香。

两个工人把棺盖挪开，各人皆看到那个破产的遗体了，互相低下头来无话可说。我们有什么可说？棺木里静静的躺着的志摩，戴了一顶红顶球绸纱小帽，露出一个掩盖不尽的额角，额角上一个大洞，这显然是他的致命伤。眼睛是微张的，他不愿意死！鼻子略略发肿。想来是火灼炙的。

门牙已脱尽，与额角上那个大洞，皆为向前一撞的结果。这就是永远见得生气泼剌，永远不知道有“敌人”的志摩。这就是他？他是那么安静的一个人？躺到这个小而且破的古庙里，让一堆坛坛罐罐来包围，便是另外一时生龙活虎一般的志摩吗？他知道他在最后一刻，扮了一角什么样稀奇角色！不嫌脏，不怕静，躺到这个地方，受济南市土制香烟缭绕的门外是一条热闹街市，恰如他诗句中的“有市谣围抱”，真是一件想象不及的事情。他是个不讨厌世界的人，他欢喜这世界上一切光与色。他欢喜各种热闹，现在却离开了这个热闹世界，向另一个寒冷沉默的虚无里去了。年纪还只有三十六岁！由于停棺处空间有限，亲友只能分别轮流走近棺侧看看死者。

各人皆在一分凄凉沉默里温习死者生前的声音与光彩，想说话皆说不出口。仿佛知道这件事得用着另一个中年工人来说话了，于是他一面把棺木盖挪拢一点，一面自言自语地说，“死了，完了，你瞧他多安静。你难受，他不难受。”接着且告给我们飞机堕地的形式，与死者躺在机中的情形。以及手臂断折的部分，腿膝断折的部分，胁下肋条骨断折的部分。原来这人就是随同陈先生过出事地点装殓志摩的，志摩遗蜕的洗涤与整理皆由他一手处置。末了他且把一个小篮子里的一角残余的棉袍，一只泥泞透湿的袜子，送给我们看。据他说照情形算来，当飞机同山头一撞时，志摩大致即已死去，并不是撞伤后在痛苦中烧死的传闻，那是不会有的。

十一点听人说飞机骨架业已运到车站，转过车站去看飞机时，各处皆找不着，问车站中人也说不明白，因此又回头到福缘庵，前后在棺木前停下来约三个钟头。

一个在铁路局作事的朋友，把起运棺柩的篷车业已交涉停妥，上海来电又说下午五点志摩的儿子同他的亲戚张嘉铸可以赶到济南。上海来人若能及时赶到，棺柩就定于当天晚上十一点上车。

正当我们想过中国银行去找寻陈先生时，上海方面的来人赶到福缘庵。朱经农夫妇也来了。陈先生也来了。烧了些冥楮，各人谈了些关于志摩前几天离上海南京时的种种，天夜下来了。我们各人这时才记起已一整天还不曾吃饭的事情，方邀到一个馆子去吃饭。作东的是济南中国银行行长某先生。吃过了饭，另一方面起柩上车的来报告人伕业已准备完全，我闻北平来的梁思成等急忙赶到车站上去等候，八点半钟棺柩上了车。这列车是十一点后方开行的。南行车上，伴了志摩回南的，有南京来的郭有守，上海来的张嘉铸同志摩的儿子。留下在济南，还预备第二天过飞机出事地点看看的，为北平来的几个朋友。我当夜十点钟就上了回青岛的火车。在站上，车辆同建筑一切皆围裹在细雨湿雾里。这一次同志摩见面，真算得是最后一次了。我的悲伤或者比他其余的朋友少一点，就只因为我见到的死亡太多了。我以为志摩智慧方面美丽放光处，死去了是不能再得的，固然十分可惜。但如他那种潇洒与宽容，不拘迂，不俗气，不小气，不势利，以及对于普遍人生万汇百物的热情，人格方面美丽放光处，他既然有许多朋友爱他崇敬他，这些人一定会把那种美丽人格移殖到本人行为上来。这些人理解志摩，哀悼志摩，且能学习志摩，一个志摩死去了，这世界不因此有更多的志摩了？

纪念志摩的唯一的方法，应当是扩大我们个人的人格，对世界多一分宽容，多一分爱。也就因为这点感觉，志摩死去了三年，我没有写过一句伤悼他的话。我希望的是志摩人虽死去了，精神还能活在他的朋友间的。

原载 1934 年 11 月 21 日《大公报 · 文艺副刊》。三年前，即指 1931 年。

不毁灭的背影

“其为人也，温美如玉，外润而内贞。”

旧人称赞“君子”的话，用来形容一个现代人，或不免稍稍迂腐。因为现代是个粗犷、夸侈、褊私、疯狂的时代。艺术和人生，都必象征时代失去平衡的颠簸，方能吸引人视听。“君子”在这个时代虽稀有难得，也就像是不切现实。惟把这几句作为佩弦先生身后的题词，或许比起别的称赞更恰当具体。佩弦先生人如其文，可爱可敬处即在凡事平易而近人情，拙诚中有妩媚，外随和而内耿介，这种人格或性格的混和，在作人方面比文章还重要。经传中称的圣贤，应当是个什么样子，话很难说。但历史中所称许的纯粹君子，佩弦先生为人实已十分相近。

我认识佩弦先生和许多朋友一样，从读他的作品而起。先是读他的抒情长诗《毁灭》，其次读叙事散文《背影》。随即因教现代文学，有机会作个进一步的读者。在诗歌散文方面，得把他的作品和俞平伯先生成就并提，作为比较讨论，使我明白代表五四初期两个北方作家：平伯先生如代表才华，佩弦先生实代表至性，在当时为同样有情感且善于处理表现情感。记得《毁灭》在《小说月报》发表时，一般读者反应，都觉得是新诗空前的力作，文学研究会同人也推许备至。惟从现代散文发展看全局，佩弦先生的叙事散文，能守住文学革命原则，文字明朗、素朴、亲切，且能把握住当时社会问题一面，贡献特别大，影响特别深。从民九起，国家教育设计，即已承认中小学国文读本，必用现代语文作品。因此梁任公、陈独秀、胡适之、朱经农、陶孟和……诸先生在理论问题文中，占了教科书重要部门。然对于生命在发展成长的青年学生，情感方面的启发与教育，意义最深刻的，却应数冰心女士的散文，叶圣陶、鲁迅先生的小说，丁西林先生的独幕剧，朱孟实先生的论文学与人生信札，和佩弦先生的叙事抒情散文。在文学运动理论上，近二十年来有不断的修正，语不离宗，“普及”和“通俗”目标实属问题核心。真能理解问题的重要性，又能把握题旨，从作品上加以试验，证实，且得到有持久性成就的，少数作家中，佩弦先生的工作，可算得出类拔萃。求通俗与普及，国语文学文字理想的标准，是经济、准确和明朗，佩弦先生都若在不甚费力情形中运用自如，而得到极佳成果。一个伟大作家最基本的表现力，是用那个经济、准确、明朗文字叙事，这也就恰是近三十年有创造欲，新作家待培养、待注意、又照例疏忽了的一点。正如作家的为人，伟大本与素朴不可分。一个作家的伟大处，“常人品性”比“英雄气质”实更重要。但是在一般人习惯前，却常常只注意到那个英雄气质而忽略了近乎人情的厚重质实品性。提到这一点时，更让我们想起“佩弦先生的死去，不仅在文学方面损失重大，在文学教育方面损失更为重大”；冯友兰先生在棺木前说的几句话，十分沉痛。因为冯先生明白“教育”与“文运”同样实离不了“人”，必以人为本。文运的开辟荒芜，少不了一二冲锋陷阵的斗士，扶育生长，即必需一大群有耐心和韧性的人来从事。文学教育则更需要能持久以恒兼容并包的人主持，才可望工作发扬光大。佩弦先生伟大得平凡，从教育看远景，是惟有这种平凡作成一道新旧的桥梁，才能影响深远的。

我认识佩弦先生本人时间较晚，还是民十九以后事。直到民二十三，才同在一个组织里编辑中小学教科书，隔二三天有机会在一处商量文字，斟酌取舍。又同为一副刊一月刊编委，每二星期必可集会一次，直到抗战为止。西南联大时代，虽同在一系八年，因家在乡下，除每星期上课有二三次碰头，反而不易见面。有关共事同处的愉快印象，照我私意说来，潘光旦、冯芝生、杨今甫、俞平伯四先生，必能有纪念文章写得更亲切感人。四位的叙述，都可作佩弦先生传记重要参考资料。我能说的印象，却将用本文起始十余字概括。

一个写小说的人，对人特别看重性格。外表轮廓线条与人不同处何在，并不重要。最可贵的是品性的本质，与心智的爱恶取舍方式。我觉得佩弦先生性格最特别处，是拙诚中的妩媚，即调和那点“外润而内贞”形成的趣味和爱好。他对事，对人，对文章，都有他自己意见，见得凡事和而不同，然而差别可能极小。他也有些小小弱点，即调和折衷性，用到文学方面时，比如说用到鉴赏批评方面，便永远具教学上的见解，少独具肯定性。用到古典研究方面，便缺少专断议论，无创见创获。即用到文学写作，作风亦不免容易凝固于一定风格上，三十年少变化，少新意。但这一切又似乎和他三十年主持文学教育有关。在清华、联大“委员制”习惯下任事太久，对所主持的一部门事务，必调和折衷方能进行，因之对个人工作为损失，对公家贡献就更多。熟人记忆中如尚记得联大时代常有人因同开一课，各不相下，僵持如摆擂台局面，就必然会觉得佩弦先生的折衷无我处，如何难能可贵！又良好教师和文学批评家，有个根本不同点：批评家不妨处处有我，良好教师却要客观，要承认价值上的相对性，多元性。陈寅恪、刘叔雅先生的专门研究，和最新创作上的试验成就，佩弦先生都同样尊重，而又出于衷心。一个大学国文系主任，这种认识很显然是能将新旧连接文化活用引导所主持一部门工作，到一个更新发展趋势上的。中国各大学的国文系，若还需要办下去，佩弦先生这点精神，这点认识，实值得特别注意，且值得当成一个永久向前的方针。

凡讨论现代中国文学过去得失的，总感觉到有一点困难，即顾此失彼。时间虽仅短短三十年，材料已留下一大堆。民二十四年良友图书公司主持人赵家璧先生，印行新文学大系，欲克服这种困难和毛病，因商量南北熟人用分门负责制编选。或用团体作单位，或用类别作单位。最难选辑的是新诗。佩弦先生担任了这个工作，却又用的是那个客观而折衷的态度，不仅将各方面作品都注意到，即对于批评印象，也采用了一个“新诗话”制度辑取了许多不同意见。因之成为谈新诗一本最合理想的参考读物，且足为新文学选本取法。

佩弦先生的《背影》，是近二十五年国内年青学生最熟习的作品。佩弦先生的土耳其式毡帽和灰棉袍，也是西南联大同人记忆最深刻的东西。但这两种东西必需加在一个瘦小横横的身架上，才见出分量，——一种悲哀的分量！这个影子在我记忆中，是从二十三年在北平西斜街四十五号杨宅起始，到“八一三”共同逃难天津，又从长沙临时大学饭厅中，转到昆明青云街四眼井二号，北门街唐家花园清华宿舍一个统舱式楼上。到这时，佩弦先生身边还多了一件东西，即云南特制的硬质灰白羊毛毡。（这东西和潘光旦先生鹿皮背甲，照老式制法上面还带点毛，冯友兰先生的黄布印八卦包袱，为本地孩子辟邪驱灾用的，可称联大三绝。）这毛毡是西南夷时代的氆氇，用来裹身，平时可避风雨，战时能防刀箭，下山时滚转而下还不至于刺伤四肢。昆明气候本来不太热太冷，用不着厚重被盖，佩弦先生不知从何时起床上却有了那么一片毛毡。因为他的病，有两回我去送他药，正值午睡方醒，却看到他从那片毛毡中挣扎而出，心中就觉得有种悲戚。想象他躺在硬板床上，用那片粗毛毡盖住胸腹午睡情形，一定更凄惨。那时节他即已常因胃病，不能饮食，但是家小还在成都，无人照顾，每天除了吃宿舍集团粗粝包饭，至多只能在床头前小小书桌上煮点牛奶吃吃。那间统舱式的旧楼房，一共住了八个单身教授，同是清华二十年同事老友，大家日子过得够寒伧，还是有说有笑，客人来时，间或还可享用点烟茶。但对于一个体力不济的病人，持久下去，消耗情形也就可想而知。房子还坍过一次墙，似在东边，佩弦先生幸好住在北端。

楼房对面是个小戏台，戏台已改作过道，过道顶上还有个小阁楼，住了美籍教授温特。阁楼梯子特别狭小曲折，上下都得一再翻转身体，大个子简直无希望上下。上面因陋就简，书籍、画片、收音机、话匣子，以及一些东南亚精巧工艺美术品，墙角梁柱凡可以搁东西处无不搁得满满的。屋顶窗外还特制个一尺宽五尺长木槽，种满了中西不同的草花。房中还有只好事喜弄的小花猫，各处跳跃，客人来时，尤其欢喜和客人戏闹。二丈见方的小阁楼，恰恰如一个中西文化美术动植物罐头，不仅可发现一民族一区域热情和梦想，痛苦或欢乐的式式样样，还可欣赏终日接受阳光生意盎然的花草，陶融于其中的一个老人，一只小猫，佩弦先生住处一面和温特教授小楼相对，另一面有两个窗口，又恰当去唐家花园拜墓看花行人道的斜坡，窗外有一簇绿荫荫的树木，和一点芭蕉一点细叶紫干竹子。有时还可看到斜坡边栏干砖柱上一盆云南大雪山种华美杜鹃和白山茶，花开得十分茂盛，寂静中微见凄凉，雨来时风起处一定能送到房中一点簌簌声和淡淡清远香味。

那座戏楼，那个花园，在民初元恰是三十岁即开府西南，统领群雄，反对帝制，五省盟主唐继尧将军的私产。蔡松坡、梁任公，均曾下榻其中。迎宾招贤，举觞称寿，以及酒后歌余，月下花前散步赋诗，东大陆主人的豪情胜概，历史上动人情景，犹恍惚如在目前。然前后不过十余年，主要建筑即早已赁作美领事馆办公处，终日只闻打字机和无线电收音机声音。戏楼正厅及两厢，竟成为数十单身流亡教授暂时的栖身处，池子中一张长旧餐桌上放了几份报，一个不美观破花瓶，破烂萧条恰像是一个旧戏院的后台。戏台阁楼还放下那么一个“鸡尾”式文化罐头。花园中虽经常尚有一二十老花匠照料，把园中花木收拾得很好，花园中一所房子中，小主人间或还在搁有印缅总督，边疆土司，及当时权要所送的象牙铜玉祝寿礼物堆积客厅中，款待客人，举行小规模酒筵舞会，有乐声歌声和行酒欢呼笑语声从楼窗溢出，打破长年的寂静。每逢云南起义日，且照例开放墓园，供市民参观拜谒。凡此都不免更使人感到“一切无常，一切也就是真正历史”。这历史，照例虽存在却不曾保留下来，保留下来的倒常常是“不见马家宅，今作奉诚园”诗人黍离的感慨！就在那么一种情形下，《毁灭》与《背影》作者，站在住处窗口边，没有散文没有诗，默默的过了六年。这种午睡刚醒或黄昏前后镶嵌到绿荫荫窗口边憔悴清瘦的影子，在同住七个老同事记忆中，一定终生不易消失。

在那个住处窗口边，佩弦先生可能会想到传道书所谓“一切虚空”。也可能体味到庄子名言：“大块赋我以形，劳我以生，佚我以老，息我以死。”因为从所知道的朋友说来，他实在太累了，体力到那个时候，即已消耗得差不多了。佩弦先生本来还并未老，精神上近年来且表现得十分年青。但是在公家职务上，和家庭担负上，始终劳而不佚，得不到一点应有的从容，就因劳而病死了。

广济寺下院砖塔顶扬起的青烟，这两天可能已经熄灭了。能毁灭的已完全毁灭了。但是佩弦先生的人与文，却必然活到许多人生命中，比云南唐府那座用大理石砌就的大坟还坚实永久。

八月十九日西郊

原载1948年8月28日《新路》周刊第1卷第16期。

忆翔鹤

——二十年代前期同在北京

我们一段生活的点点滴滴

一九二三年秋天，我到北京已约一年，住在前门外杨梅竹斜街“酉西会馆”侧屋一间既湿且霉的小小房间中，看我能看的一些小书，和另外那本包罗万有用人事写成的“大书”，日子过得十分艰苦，却对未来充满希望。可是经常来到会馆看望我的一个表弟，先我两年到北京的农业大学学生，却担心我独住在会馆里，时间久了不是个办法。特意在沙滩附近银闸胡同一个公寓里，为我找到一个小小房间，并介绍些朋友，用意是让我在新环境里多接近些文化和文化人，减少一点寂寞，心情会开朗些。住处原是个贮煤间。因为受“五四”影响，来京穷学生日多，掌柜的把这个贮煤间加以改造，临时开个窗口，纵横钉上四根细木条，用高丽纸糊好，搁上一个小小写字桌，装上一扇旧门，让我这么一个体重不到一百磅的乡下佬住下。我为这个仅可容膝安身处，取了一个既符合实际又略带穷秀才酸味的名称，“窄而霉小斋”，就泰然坦然住下来了。生活虽还近于无望无助的悬在空中，气概倒很好，从不感到消沉气馁。给朋友印象，且可说生气虎虎，憨劲十足。主要原因，除了我在军队中照严格等级制度，由班长到军长约四十级的什么长，具体压在我头上心上的沉重分量已完全摆脱，且明确意识到是在真正十分自由的处理我的当前，并创造我的未来。此外还有三根坚固结实支柱共同支撑住了我，即“朋友”、“环境”和“社会风气”。

原来一年中，我先后在农业大学、燕京大学和北京大学，就相熟了约三十个人。农大的多属湖南同乡。两间宿舍共有十二个床位，只住下八个学生，共同自办伙食，生活中充满了家庭空气。当时应考学农业的并不多，每月既有二十五元公费，学校对学生还特别优待。农场的蔬菜瓜果，秋收时，每一学生都有一份。实验农场大白菜品种特别好，每年每人可分一二百斤，一齐埋在宿舍前砂地里。千八百斤大卷心菜，足够三四个月消费。新引进的台湾种矮脚白鸡，用特配饲料喂养。下蛋特别勤，园艺系学生，也可用比市场减半价钱，每月分配一定分量。我因表弟在农大读书，早经常成为不速之客，留下住宿三五天是常有事。还记得有一次雪后天晴，和郁达夫先生、陈翔鹤、赵其文共同踏雪出平则门，一直走到罗道庄，在学校吃了一顿饭，大家都十分满意开心。因为上桌的菜有来自苗乡山城的鹌鹑和胡葱酸菜，新化的菌子油，汉寿石门的风鸡风鱼，在北京任何饭馆里都吃不到的全上了桌子。

这八个同乡不久毕业回转家乡后，正值北伐成功，因此其中六个人，都成了县农会主席，过了一阵不易设想充满希望的兴奋热闹日子，“马日事变”倏然而来，便在军阀屠刀下一同牺牲了。

第二部分朋友是老燕京大学的学生。当时校址还在盔甲厂，由认识董景天（即董秋斯）开始。董原来正当选学生会主席，照习惯，即兼任校长室的秘书。初到他学校拜访时，就睡在他独住小楼地板上，天上地下谈了一整夜。第二天他已有点招架不住，我还若无其事。到晚上又继续谈下去，一直三夜，把他几乎拖垮，但他对我却已感到极大兴趣，十分满意。于是由董景天介绍先后认识了张采真、司徒乔、刘廷蔚、顾千里、韦丛芜、于成泽、焦菊隐、刘潜初、樊海珊等人。燕大虽是个教会大学，可是学生活动也得到较大便利。当北伐军到达武汉时，这些朋友多已在武汉工作。不久国共分裂，部分还参加了广州暴动。牺牲了一半人。活着的陆续逃回上海租界潜伏待时。一九二八——二九年左右，在景天家中，我还有机会见到张采真、刘潜初等五六人多次，谈了不少武汉前后情况，和广州暴动失败种种。（和斯沫特莱相识，也是在董家。）随后不久，这些朋友就又离开了上海，各以不同灾难成了

“古人”。解放后，唯一还过从的，只剩下董景天一人。我们友谊始终极好。我在工作中的点滴成就，都使他特别高兴。他译的托尔斯泰名著，每一种印出时，必把错字一一改正后，给我一册作为纪念。不幸在我一九七一年从湖北干校回京时，董已因病故去二三月了。真是良友云亡，令人心痛。

第三部分朋友，即迁居沙滩附近小公寓后不多久就相熟了许多搞文学的朋友。湖南人有刘梦苇、黎锦明、王三辛……四川人有陈炜谟、赵其文、陈翔鹤，相处既近，接触机会也更多。几个人且经常同在沙滩附近小饭店共食。就中一部分是北大正式学生，一部分和我情形相近，受了点“五四”影响，来到北京，为继续接受文学革命熏陶，引起了一点幻想童心，有所探索有所期待而来的。当时这种年轻人在红楼附近地区住下，比住东西二斋的正规学生大致还多数倍。有短短时期就失望离开的，也有一住三年五载的，有的对于文学社团发生兴趣，有的始终是单干户。共同影响到三十年代中国新文学，各有不同成就。

近人谈当时北大校长蔡元培先生的伟大处时，多只赞美他提倡的“学术自由”，选择教师不拘一格，能兼容并包，具有远见与博识。可极少注意过学术思想开放以外，同时对学校大门也全面敞开，学校听课十分自由，影响实格外深刻而广泛。这种学习方面的方便，以红楼为中心，几十个大小公寓，所形成的活泼文化学术空气，不仅国内少有，即在北京别的学校也希见。谈二十世纪二十年代北大学术上的自由空气，必需肯定学校大门敞开的办法，不仅促进了北方文学的成就，更酝酿储蓄了一种社会动力，影响到后来社会的发展。因为当时“五四”虽成了尾声，几个报纸副刊，几个此兴彼起的文学新社团，和大小文学刊物，都由于学生来自全国，刊物因之分布面广，也具有全国性。

我就是在这时节和翔鹤及另外几个朋友相识，而且比较往来亲密的。记得炜谟当时是北大英文系高材生，特别受学校几位名教师推重，性格比较内向，兴趣偏于研究翻译，对我却十分殷勤体贴。其文则长于办事，后来我在《现代评论》当发报员时，其文已担任经理会计一类职务。翔鹤住中老胡同，经济条件似较一般朋友好些，房中好几个书架，中外文书籍都比较多，新旧书分别搁放，清理得十分整齐。兴趣偏于新旧文学的欣赏，对创作兴趣却不大。三人在人生经验和学识上，都比我成熟得多，但对于社会这本“大书”的阅读，可都不如我接触面广阔，也不如我那么注意认真仔细。正因为我们性情经历上不同处，在相互补充情形下，大家不只谈得来，且相处极好。我和翔鹤同另外一些朋友就活在二十年代前期，这么一个范围窄狭生活中，各凭自己不同机会、不同客观条件和主观愿望，接受所能得到的一份教育，也影响到后来各自不同的发展，有些近于离奇不经的偶然性，有些又若有个规律，可以于事后贯串起来成一条线索，明白一部分却近于必然性。

因为特别机会，一九二五——二六年间，我在香山慈幼院图书馆作了个小职员，住在香山饭店前山门新宿舍里。住处原本是清初泥塑四大天王所占据，香山寺既改成香山饭店，学生用破除迷信为理由，把彩塑天王捣毁后，由学校改成几间单身职员临时宿舍。别的职员因为上下极不方便，多不乐意搬到那个宿舍去。我算是第一个搬进的活人。翔鹤从我信中知道这新住处奇特环境后，不久就充满兴趣，骑了毛驴到颐和园，换了一匹小毛驴，上香山来寻幽访胜，成了我住处的客人，在那简陋宿舍中，和我同过了三天不易忘却的日子。双清那个悬空行宫虽还有活人住下，平时照例只两个花匠看守。香山饭店已油漆一新，挂了营业牌子，当时除了四个白衣伙计管理灯水，还并无一个客人。半山亭近旁一系列院落，泥菩萨去掉后，到处一片空虚荒凉，白天里也时有狐兔出没，正和《聊斋志异》故事情景相通。我住处门外下一段陡石阶，就到了那两株著名的大松树旁边。我们在那两株“听法松”边畅谈了三天。每谈到半晚，四下一片特有的静寂，清冷月光从松枝间筛下细碎影子到两人身上，使人完全忘了尘世的纷扰，但也不免鬼气阴森，给我们留下个清幽绝伦的印象。所以经过半个世纪，还明明朗朗留在记忆中，不易忘却。解放后不久，翔鹤由四川来北京工作，我们第一次相见，提及香山旧事，他还记得我曾在大松树前，抱了一面琵琶，为他弹过《梵王宫》曲子。大约因为初学，他说，弹得可真蹩脚，听来不成个腔调，远不如陶潜挥“无弦琴”有意思。我只依稀记得有这么一件乐器，至于曲调，大致还是从刘天华先生处间接学来的。这件乐器，它的来处和去踪，可通通忘了。

翔鹤在香山那几天，我还记得，早晚吃喝，全由我下山从慈幼院大厨房取来，只是几个粗面冷馒头，一碟水疙瘩咸菜。饮水是从香山饭店借用个洋铁壶打来的。早上洗脸，也照我平时马虎应差习惯，若不是从“双清”旁山溪沟里，就那一线细流，用搪瓷茶缸慢慢舀到盆里，就得下山约走五十级陡峻石台阶，到山半腰那个小池塘旁石龙头口流水处，挹取活泉水对付过去。一切都简陋草率得可笑惊人。一面是穷，我还不曾学会在饮食生活上有所安排，使生活过得像样些。另一面是环境的清幽离奇处，早晚空气都充满了松树的香味，和间或由双清那个荷塘飘来的荷花淡香。主客间所以都并不感觉到什么歉仄或生活上的不便，反而觉得充满了难得的野趣，真是十分欢快。使我深一层认识到，生长于大都市的翔鹤，出于性情上的熏染，受陶渊明、嵇康作品中反映的洒脱离俗影响实已较深；和我来自乡下，虽不欢喜城市却并不厌恶城市，入城虽再久又永远还像乡巴佬的情形，心情上似同实异的差别。因此正当他羡慕我的新居环境像个“洞天福地”，我新的工作从任何方面说来也是难得的幸运时，我却过不多久，又不声不响，抛下了这个燕京二十八景之一的两株八百年老松树，且并不曾正式向顶头上司告别，就挟了一小网篮破书，一口气跑到静宜园宫门口，雇了个秀眼小毛驴，下了山，和当年鲁智深一样，返回了“人间”。依旧在那个公寓小窝里，过我那种前路茫茫穷学生生活了。生活上虽依旧毫无把握，情绪上却自以为又得到完全自由独立，继续进行我第一阶段的自我教育。一面阅读我所能到手用不同文体写成的新旧文学作品，另一面更充满热情和耐心，来阅读用人事组成的那本内容无比丰富充实的“大书”了。在风雨中颠簸生长的草木，必然比在温室荫蔽中培育的更结实强健。对我而言，也更切合实际。个人在生活处理上，或许一生将是个永远彻底败北者，但在工作上的坚持和韧性，半个世纪来，还像对得起这个生命。这种坚毅持久、不以一时成败得失而改型走样，自然包括有每一阶段一些年岁较长的友好，由于对我有较深认识、理解而产生无限同情和支持密切相关。回溯半世纪前第一阶段的生活和学习，炜漠、其文和翔鹤的影响，显明在我生长过程中，都占据一定位置。我此后工作积累点滴成就，都和这份友谊分不开。换句话说，我的工作成就里，都浸透有几个朋友淡而持久古典友谊素朴性情人格一部分。后来生活随同社会发展中，经常陷于无可奈何情形下，始终能具一种希望信心和力量，倒下了又复站起，当十年浩劫及身时，在湖北双溪，某一时血压高达二百五十度，心目还不眩瞀失去节度，总还觉得人生百年长勤，死者完事，生者却宜有以自励。一息尚存，即有责任待尽！这些故人在我的印象温习中，总使我感觉到生命里便回复了一种力量和信心。所以翔鹤虽在十年浩劫中被折磨死去了，在我印象中，却还依旧完全是个富有生气的活人。

一九八〇年八月十日作于北京

原载1980年11月《新文学史料》第4期。

无从驯服的斑马

我今年已活过了八十岁，同时代的熟人，只剩下很少几位了。从名分上说，我已经很像个“知识分子”。就事实上说，可还算不得正统派认可的“知识分子”。因为进入大城市前后虽已整整六十年，这六十年的社会变化，知识分子得到的苦难，我也总有机会，不多不少摊派到个人头上一份。工作上的痛苦挣扎，更可说是经过令人难于设想的一个过来人。就我性格的必然，应付任何困难，一贯是沉默接受，既不灰心丧气，也不呻吟哀叹，只是因此，真像奇迹一般，还是依然活下来了。体质上虽然相当脆弱，性情上却随和中见板质，近于“顽固不化”的无从驯服的斑马。年龄老朽已到随时可以报废情形，心情上却还始终保留一种婴儿状态。对人从不设防，无机心。且永远无望从生活经验教育中，取得一点保护本身不受欺骗的教训，提高一点做个现代人不能不具备的警惕或觉悟。政治水平之低，更是人所共睹，毋容自讳。不拘什么政治学习，凡是文件中缺少固定含义的抽象名辞，理解上总显得十分低能，得不出肯定印象，作不出正确的说明。卅年学习，认真说来，前后只像认识十一个字，即“实践”，“为人民服务”，和“古为今用”，影响到我工作，十分具体。前面七个字和我新的业务关系密切，压缩下来，只是一句老话，“学以致用”。由于过去看杂书多，机会好，学习兴趣又特别广泛，同时记忆力也还得用，因此在博物馆沉沉默默学了三十年，历史文物中若干部门，在过去当前研究中始终近于一种空白点的事事物物，我都有机会十万八万的过眼经手，弄明白它的时代特征，和在发展中相互影响的联系。特别是坛坛罐罐花花朵朵，为正统专家学人始终不屑过问的，我却完全像个旧北京收拾破衣烂衫的老乞婆，看得十分认真，学下去。且尽个人能力所及，加以收集。到手以后，还照老子所说，用个“为而不有”的态度，送到我较熟习的公共机关里去，供大家应用。职业病到一定程度下日益严重，是必然结果。个人当时收入虽有限，始终还学不会花钱到吃喝服用上去。总是每月把个人收入四分之一，去买那些“非文物”的破烂。甚至于还经常向熟人借点钱，来做这种“蠢事”。因此受的惩罚也使人够受的。但是这些出于无知的惩罚，只使我回想到顽童时代，在私塾中被前后几个老秀才按着我，在孔夫子牌位前，狠狠的用厚楠竹块痛打我时的情形，有同一的感受。稍后数年，在军队中见那些杀戮，也有个基本相同的看法，即权力的滥用，只反映出极端的愚蠢，不会达到他们预期的效果。

使我记忆较深刻且觉得十分有趣的，是五 × 年正当文物局在北都举行一次全国博物馆工作会议时，或许全国各大博物馆文物局的负责人和专家，都出了席。我所属的工作单位，有几位聪明过人的同事，却精心着意在午门两廊，举行了个“内部浪费展览会”，当时看来倒像是很有必要的一种措施。事先没有让我参加展出筹备工作，直到有大批外省同事来参观时，我才知道这件事。因为用意在使我这文物外行丢脸，却料想不到反而使我格外开心。我还记得第一柜陈列的，是我从苏州花三十元买来明代白绵纸手抄两大函有关兵事学的著作，内中有一部分是图像，画的是些奇奇怪怪的云彩。为馆中把这书买来的原因，是前不多久北京图书馆刊正把一部从英国照回来的敦煌写本《望云气说》卷子加以刊载，并且我恰好还记得《史记》上载有卫青、霍去病出征西北，有派王朔随军远征“主望云气”记载。当时出兵西北，征伐连年，对于西北荒漠云气变化，显然对于战事是有个十分现实的意义。汉代记载情形虽不多，《汉书·艺文志》中，却有个“黄帝望云气说”，凡是托名黄帝的著述，产生时间至晚也在春秋战国时已出现。这个敦煌唐代望云气卷子的重要性，却十分显明。好不容易得来的这个明代抄本，至少可以作为校勘，得到许多有用知识，却被当成“乱收迷信书籍当成文物”过失看待。

可证明我那位业务领导如何无知。我亲自陪着好几个外省同行看下去，他们看后也只笑笑，无一个人说长道短，更无一人提出不同意见。于是我又陪他们看第二柜“废品”，陈列的是一整匹暗花绫子，机头上还织得有“河间府织造”几个方方整整宋体字。花绫是一尺三左右的窄筘织成的，折合汉尺恰是二尺宽度。大串枝的花纹，和传世宋代范淳仁诰敕相近。收入计价四元整。亏得主持这个废品展览的同事，想得真周到，还不忘把原价写在一个卡片上。大家看过后，也只笑笑。我的上司因为我在旁边不声不响，也奉陪笑笑。我当然更特别高兴同样笑笑。彼此笑的原因可大不相同。我作了三十年小说，想用文字来描写，却感到无法着手。当时馆中同事，还有十二个学有专长的史学教授，看来也就无一个人由此及彼，联想到河间府在汉代，就是河北一个著名丝绸生产区。南北朝以来，还始终有大生产，唐代还设有织绫局，宋、元、明、清都未停止生产过。这个值四元的整匹花绫，当成“废品”展出，说明个什么问题？结果究竟丢谁的脸？快三十年了，至今恐还有人自以为曾作过一件绝顶聪明，而且取得胜利成功伟大创举。本意或在使我感到羞愤因而离开。完全出于他们意外，就是我竟毫不觉得难受。并且有的是各种转业机会，却都不加考虑放弃了。竟坚决留下来，和这些人一同共事卅年。

我因此也就学懂了丝绸问题，更重要还是明白了一些人在新社会能吃得开，首先是对于“世故哲学”的善于运用。这一行虽始终是个齐人滥竽的安乐窝，但一个真正有心人，可以学习的事事物物，也还够多，也可说是个永远不会毕业的学校。以文学实践而言，一个典型新式官僚，如何混来混去，依附权势，逐渐向上爬，终于“禄位高升”的过程，就很值得仔仔细细作十年八年调查研究，好好写出来。虽属个别现象，同时也能反映整个机构的……

本篇是作者的一篇未完成的遗作，写于1983年春，1992年首次编入岳麓书社出版的《沈从文别集·贵生集》。

辑三　文论

沈从文抗战前北京留影

我的写作与水的关系

在我一个自传里，我曾经提到过水给我的种种印象。檐溜，小小的河流，汪洋万顷的大海，莫不对于我有过极大的帮助，我学会用小小脑子去思索一切，全亏得是水，我对于宇宙认识得深一点，也亏得是水。

“孤独一点，在你缺少一切的时节，你就会发现原来还有个你自己。”这是一句真话。我有我自己的生活与思想，可以说是皆从孤独得来的。我的教育，也是从孤独中得来的。然而这点孤独，与水不能分开。

年纪六岁七岁时节，私塾在我看来实在是个最无意思的地方。我不能忍受那个逼窄的天地，无论如何总得想出方法到学校以外的日光下去生活。大六月里与一些同街比邻的坏小子，把书篮用草标各作下了一个记号，搁在本街土地堂的木偶身背后，就洒着手与他们到城外去，攒入高可及身的禾林里，捕捉禾穗上的蚱蜢，虽肩背为烈日所烤炙，也毫不在意。耳朵中只听到各处蚱蜢振翅的声音，全个心思只顾去追逐那种绿色黄色跳跃伶便的小生物。到后看看所得来的东西已尽够一顿午餐了，方到河滩边去洗濯，拾些干草枯枝，用野火来烧烤蚱蜢，把这些东西当饭吃。

直到这些小生物完全吃尽后，大家于是脱光了身子，用大石压着衣裤，各自从悬崖高处向河水中跃去。就这样泡在河水里，一直到晚方回家去，挨一顿不可避免的痛打。有时正在绿油油禾田中活动，有时正泡在水里，六月里照例的行雨来了，大的雨点夹着吓人的霹雳同时来到，各人匆匆忙忙逃到路坎旁废碾坊下或大树下去躲避，雨落得久一点，一时不能停止，我必一面望着河面的水泡，或树枝上反光的叶片，想起许多事情。……所捉的鱼逃了，所有的衣湿了，河面溜走的水蛇，钉固在大腿上的蚂蟥，碾坊里的母黄狗，挂在转动不已大水车上的起花人肠子，因为雨，制止了我身体的活动，心中便把一切看见的经过的皆记忆温习起来了。

也是同样的逃学，有时阴雨天气，不能向河边走去，我便上山或到庙里去，在庙前庙后树林或竹林里，爬上了这一株，到上面玩玩后，又溜下来爬另外一株。若所爬的是竹子，必在上面摇荡一会，爬的是树木，便看看上面有无鸟巢或啄木鸟孵卵的孔穴。雨落大了，再不能作这种游戏时，就坐在楠木树下或庙门前石阶上看雨。既还不是回家的时候，一面看雨一面自然就需要温习那些过去的经验，这个日子方能发遣开去。雨落得越长，人也就越寂寞。在这时节想到一切好处也必想到一切坏处。那么大的雨，回家去说不定还得全身弄湿，不由得有点害怕起来，不敢再想了。我于是走到庙廊下去为作丝线的人牵丝，为制棕绳的人摇绳车。这些地方每天照例有这种工人作工，而且这种工人照例又还是我很熟习的人。也就因为这种雨，无从掩饰我的劣行，回到家中时，我便更容易被罚跪在仓屋中。在那间空洞寂寞的仓屋里，听着外面檐溜滴沥声，我的想象力却更有了一种很好训练的机会。我得用回想与幻想补充我所缺少的饮食，安慰我所得到的痛苦。我因恐怖得去想一些不使我再恐怖的生活，我因孤寂又得去想一些热闹事情方不至于过分孤寂。

到十五岁以后，我的生活同一条辰河无从离开，我在那条河流边住下的日子约五年。这一大堆日子中我差不多无日不与河水发生关系。走长路皆得住宿到桥边与渡头，值得回忆的哀乐人事常是湿的。至少我还有十分之一的时间，是在那条河水正流与支流各样船只上消磨的。从汤汤流水上，我明白了多少人事，学会了多少知识，见过了多少世界！我的想象是在这条河水上扩大的。我把过去生活加以温习，或对未来生活有何安排时，必依赖这一条河水。这条河水有多少次差一点把我攫去，又幸亏他的流动，帮助我作着那种横海扬帆的远梦，方使我能够依然好好的在人世中过着日子！

再过五年，我手中的一支笔，居然已能够尽我自由运用了，我虽离开了那条河流，我所写的故事，却多数是水边的故事。故事中我所最满意的文章，常用船上水上作为背影，我故事中人物的性格，全为我在水边船上所见到的人物性格。我文字中一点忧郁气分，便因为被过去十五年前南方的阴雨天气影响而来，我文字风格，假若还有些值得注意处，那只因为我记得水上人的言语太多了。

再过五年后，我的住处已由干燥的北京移到一个明朗华丽的海边。海既那么宽泛无涯无际，我对人生远景凝眸的机会便较多了些。海边既那么寂寞，他培养了我的孤独心情。海放大了我的感情与希望，且放大了我的人格。

发表于《文学》一周年纪念特辑。1934年7月上海生活书店以合集《我与文学》为书名初版。

收入《废邮存底》一书时被删去原作前二段文字：

我可以说是与文学毫无关系的一个人，在这种题目上来说话，真是无话可说的。第一，我看不懂正在研究文学的人所作的文章，第二，我弄不明白许多作家教人作文章的方法，第三，我猜不透一些从事于文学事业的人自己登龙为人画虎的作用。近十年来我虽写了一大堆小说，但那并不算个什么，这不过从生活上，我经过的是与人稍稍不同的生活，从书本上，我又恰恰读了一些很杂乱的书，加之在军营里作书记时，我学得一种老守在桌边的“静”，过去日子又似乎过的十分“闲”，所以就写成了那么些小说故事罢了。

但在我的工作上，照一般称呼说来既算得是“文学事业”，这事业要来追究一下，解释一下，或对于比我年青一点的朋友，多少有点用处。我可以说的，是我这个工作的基础，并不建筑在“一本合用的书”或“一堆合用的书”上，因为它实在却只是建筑在“水”上。

《边城》题记

对于农人与兵士，怀了不可言说的温爱，这点感情在我一切作品中，随处都可以看出。我从不隐讳这点感情。我生长于作品中所写到的那类小乡城，我的祖父，父亲，以及兄弟，全列身军籍；死去的莫不在职务上死去，不死的也必然的将在职务上终其一生。就我所接触的世界一面，来叙述他们的爱憎与哀乐，即或这枝笔如何笨拙，或尚不至于离题太远。因为他们是正直的，诚实的，生活有些方面极其伟大，有些方面又极其平凡，性情有些方面极其美丽，有些方面又极其琐碎，——我动手写他们时，为了使其更有人性，更近人情，自然便老老实实的写下去。但因此一来，这作品或者便不免成为一种无益之业了。因为它对于在都市中生长教育的读书人说来，似乎相去太远了。他们的需要应当是另外一种作品，我知道的。

照目前风气说来，文学理论家，批评家，及大多数读者，对于这种作品是极容易引起不愉快的感情的。前者表示“不落伍”，告给人中国不需要这类作品，后者“太担心落伍”，目前也不愿意读这类作品。这自然是真事。“落伍”是什么？一个有点理性的人，也许就永远无法明白，但多数人谁不害怕“落伍”？我有句话想说：“我这本书不是为这种多数人而写的。”大凡念了三五本关于文学理论文学批评问题的洋装书籍，或同时还念过一大堆古典与近代世界名作的人，他们生活的经验，却常常不许可他们在“博学”之外，还知道一点点中国另外一个地方另外一种事情。因此这个作品即或与当前某种文学理论相符合，批评家便加以各种赞美，这种批评其实仍然不免成为作者的侮辱。他们既并不想明白这个民族真正的爱憎与哀乐，便无法说明这个作品的得失，——这本书不是为他们而写的。至于文艺爱好者呢，或是大学生，或是中学生，分布于国内人口较密的都市中，常常很诚实天真的把一部分极可宝贵的时间，来阅读国内新近出版的文学书籍。他们为一些理论家，批评家，聪明出版家，以及习惯于说谎造谣的文坛消息家，同力协作造成一种习气所控制，所支配，他们的生活，同时又实在与这个作品所提到的世界相去太远了。——他们不需要这种作品，这本书也就并不希望得到他们。理论家有各国出版物中的文学理论可以参证，不愁无话可说；批评家有他们欠了点儿小恩小怨的作家与作品，够他们去毁誉一世。大多数的读者，不问趣味如何，信仰如何，皆有作品可读。正因为关心读者大众，不是便有许多人，据说为读者大众，永远如陀螺在那里转变吗？这本书的出版，即或并不为领导多数的理论家与批评家所弃，被领导的多数读者又并不完全放弃它，但本书作者，却早已存心把这个“多数”放弃了。

我这本书只预备给一些“本身已离开了学校，或始终就无从接近学校，还认识些中国文字，置身于文学理论，文学批评，以及说谎造谣消息所达不到的那种职务上，在那个社会里生活，而且极关心全个民族在空间与时间下所有的好处与坏处”的人去看。他们真知道当前农村是什么，想知道过去农村有什么，他们必也愿意从这本书上同时还知道点世界一小角隅的农村与军人。我所写到的世界，即或在他们全然是一个陌生的世界，然而他们的宽容，他们向一本书去求取安慰与知识的热忱，却一定使他们能够把这本书很从容读下去的。我并不即此而止，还预备给他们一种对照的机会，将在另外一个作品里，来提到二十年来的内战，使一些首当其冲的农民，性格灵魂被大力所压，失去了原来的朴质，勤俭，和平，正直的型范以后，成了一个什么样子的新东西。他们受横征暴敛以及鸦片烟的毒害，变成了如何穷困与懒惰！我将把这个民族为历史所带走向一个不可知的命运中前进时，一些小人物在变动中的忧患，与由于营养不足所产生的“活下去”以及“怎样活下去”的观念和欲望，来作朴素的叙述。我的读者应是有理性，而这点理性便基于对中国现社会变动有所关心，认识这个民族的过去伟大处与目前堕落处，各在那里很寂寞的从事于民族复兴大业的人。这作品或者只能给他们一点怀古的幽情，或者只能给他们一次苦笑，或者又将给他们一个噩梦，但同时说不定，也许尚能给他们一种勇气同信心！

二十三年四月二十四日记

附：《边城》新题记

民十随部队入川，由茶峒过路，住宿二日，曾从有马粪城门口至城中二次，驻防一小庙中，至河街小船上玩数次。开拔日微雨，约四里始过渡，闻杜鹃极悲哀。是日翻上棉花坡，约高上二十五里，半路见路劫致死者数人。山顶堡砦已焚毁多日。

民二十二至青岛崂山北九水路上，见村中有死者家人“报庙”行列，一小女孩奉灵幡引路。因与兆和约，将写一故事引入所见。九月至平结婚，即在达子营住处小院中，用小方桌在树荫下写第一章。在《国闻周报》发表。入冬返湘看望母亲，来回四十天，在家乡三天，回到北平续写。二十三年母亲死去，书出版时心中充满悲伤。

二十年来生者多已成尘成土，死者在生人记忆中亦淡如烟雾，惟书中人与个人生命成一希奇结合，俨若可以不死，其实作品能不死，当为其中有几个人在个人生命中影响，和几种印象在个人生命中影响。

从文 卅七年北平

“题记”原载 1934 年 4 月 25 日天津《大公报·文艺副刊》第 61 期。“新题记”原由作者题写在上海生活书店初版的样书上。据《沈从文全集》第 8 卷收入。

《长河》题记

民国二十三年的冬天，我因事从北平回湘西，由沅水坐船上行，转到家乡凤凰县。去乡已经十八年，一入辰河流域，什么都不同了。表面上看来，事事物物自然都有了极大进步，试仔细注意注意，便见出在变化中那点堕落趋势。最明显的事，即农村社会所保有那点正直素朴人情美，几几乎快要消失无余，代替而来的却是近二十年实际社会培养成功的一种唯实唯利庸俗人生观。敬鬼神畏天命的迷信固然已经被常识所摧毁，然而做人时的义利取舍是非辨别也随同泯没了。“现代”二字已到了湘西，可是具体的东西，不过是点缀都市文明的奢侈品，大量输入，上等纸烟和各样罐头，在各阶层间作广泛的消费。抽象的东西，竟只有流行政治中的公文八股和交际世故。大家都仿佛用个谦虚而诚恳的态度来接受一切，来学习一切，能学习能接受的终不外如彼或如此。地方上年事较长的，体力日渐衰竭，情感已近于凝固，自有不可免的保守性，唯其如此，多少尚保留一些治事作人的优美崇高风度。所谓时髦青年，便只能给人痛苦印象，他若是个公子哥儿，衣襟上必插两支自来水笔，手腕上戴个白金手表，稍有太阳，便赶忙戴上大黑眼镜，表示爱重目光，衣冠必十分入时，材料且异常讲究，特别长处是会吹口琴，唱京戏，闭目吸大炮台或三五字香烟，能在呼吸间辨别出牌号优劣，玩扑克时会十多种花样。大白天有时还拿个大电筒或极小手电筒，因为牌号新光亮足即可满足主有者莫大虚荣，并俨然可将社会地位提高。他若是个普通学生，有点思想必以能读 ×× 书店出的政治经济小册子，知道些文坛消息名人轶事或体育明星为已足。这些人都共同对现状表示不满，可是国家社会问题何在，进步的实现必需如何努力，照例全不明白。(即以地方而论，前一代固有的优点，尤其是长辈中妇女，祖母或老姑母行勤俭治生忠厚待人处，以及在素朴自然景物下衬托简单信仰蕴蓄了多少抒情诗气分，这些东西又如何被外来洋布煤油逐渐破坏，年青人几几乎全不认识，也毫无希望可以从学习中去认识。）一面不满现状，一面用求学名分，向大都市里跑去，在上海或南京，武汉或长沙，从从容容住下来，挥霍家中前一辈的积蓄，享受现实，并用“时代轮子”“帝国主义”一类空洞字句，写点现实论文和诗歌，情书或家信。末了是毕业，结婚，回家，回到原有那个现实里，等待完事。就中少数真有志气，有理想，无从使用家中财产，或不屑使用家中财产，想要好好的努力奋斗一番的，也只是就学校读书时所得到的简单文化概念，以为世界上除了“政治”，再无别的事物。所谓政治又只是许多人混在一处，相信这个，主张那个，打倒这个，拥护那个，人多即可上台，上台即算成功。终生事业目标，不是打量入政治学校，就是糊糊涂涂往某处一跑，对历史社会的发展，既缺少较深刻的认识，对个人生命的意义，也缺少较深刻理解。个人出路和国家幻想都完全寄托在一种依附性的打算中，结果到社会里一滚，自然就消失了。十年来这些人本身虽若依旧好好存在，而且有好些或许都做了小官，发了小财，日子过得很好，但是那点年青人的壮志和雄心，从事业中有以自见，从学术上有以自立的气概，可完全消失净尽了。当时我认为唯一有希望的，是几个年青军官。然而在他们那个环境中，竟像是什么事都无从作。地方明日的困难，必需应付，大家看得明明白白，可毫无方法预先在人事上有所准备。因此我写了个小说，取名《边城》，写了个游记，取名《湘行散记》，两个作品中都有军人露面，在《边城·题记》上，且曾提起一个问题，即拟将“过去”和“当前”对照，所谓民族品德的消失与重造，可能从什么方面着手。《边城》中人物的正直和热情，虽然已经成为过去了，应当还保留些本质在年青人的血里或梦里，相宜环境中，即可重新燃起年青人的自尊心和自信心。我还将继续《边城》，在另外一个作品中，把最近二十年来当地农民性格灵魂被时代大力压扁扭曲失去了原有的素朴所表现的式样，加以解剖与描绘。其实这个工作，在《湘行散记》上就试验过了。因为还有另外一种忌讳，虽属小说游记，对当前事情亦不能畅所欲言，只好寄无限希望于未来。

中日战事发生后，二十六年的冬天，我又有机会回到湘西，并且在沅水中部一个县城里住了约四个月。住处恰当水陆冲要，耳目见闻复多，湘西在战争发展中的种种变迁，以及地方问题如何由混乱中除旧布新，渐上轨道，我都有机会知道得清清楚楚。和我同住的，还有一个在嘉善国防线上受伤回来的小兄弟。从他的部下若干小军官接触中，我得以明白战前一年他们在这个地方的情形，以及战争起后他们人生观的改变。过不久，这些年青军官，随同我那小兄弟，用“荣誉军团”名分重新开往江西前线保卫南昌去了。一个阴云沉沉的下午，当我眼看到几只帆船顺流而下，我那兄弟和一群小军官站在船头默默的向我挥手时，我独自在河滩上，不知不觉眼睛已被热泪浸湿。因为四年前一点杞忧，无不陆续成为事实，四年前一点梦想，又差不多全在这一群军官行为上得到证明。一面是受过去所束缚的事实，在在令人痛苦，一面却是某种向上理想，好好移植到年青生命中，似乎还能发芽生根。……

那时节湘省政府正拟试派几千年青学生下乡，推行民训工作，技术上相当麻烦。武汉局势转紧，公私机关和各省难民向湘西疏散的日益增多。一般人士对于湘西实缺少认识，常笼统概括名为“匪区”。地方保甲制度本不大健全，兵役进行又因“贷役制”纠纷相当多。所以我又写了两本小书，一本取名《湘西》，一本取名《长河》。当时敌人正企图向武汉进犯，战事有转入洞庭湖泽地带可能。地方种种与战事既不可分，我可写的虽很多，能写出的当然并不多。就沅水流域人事琐琐小处，将作证明，希望它能给外来者一种比较近实的印象，更希望的还是可以燃起行将下乡的学生一种比较近实的印象，更希望的还是可以燃起行将下乡的学生一点克服困难的勇气和信心！另外却又用辰河流域一个小小水码头作背景，就我所熟习的人事作题材，来写写这个地方一些平凡人物生活上的“常”与“变”，以及在两相乘除中所有的哀乐。问题在分析现实，所以忠忠实实和问题接触时，心中不免痛苦，唯恐作品和读者对面，给读者也只是一个痛苦印象，还特意加上一点牧歌的谐趣，取得人事上的调和。作品起始写到的，即是习惯下的种种存在，事事都受习惯控制，所以货币和物产，这一片小小地方活动流转时所形成的各种生活式样与生活理想，都若在一个无可避免的情形中发展。人事上的对立，人事上的相左，更仿佛无不各有它宿命的结局。作品设计注重在将常与变错综，写出“过去”“当前”与那个发展中的“未来”，因此前一部分所能见到的，除了自然景物的明朗，和生长于这个环境中几个小儿女性情上的天真纯粹还可见出一点希望，其余笔下所涉及的人和事，自然便不免黯淡无光。尤其是叙述到地方特权者时，一支笔即再残忍也不能写下去，有意作成的乡村幽默，终无从中和那点沉痛感慨。然而就我所想到的看来，一个有良心的读者，是会承认这个作品不失其为庄严与认真的。虽然这只是湘西一隅的事情，说不定它正和西南好些地方差不多。虽然这些现象的存在，战争一来都给淹没了，可是和这些类似的问题，也许会在另一地方发生。或者战争已完全净化了中国，然而把这点近于历史陈迹的社会风景，用文字好好的保留下来，与“当前”崭新的局面对照，似乎也很可以帮助我们对社会多有一点新的认识，即在战争中一个地方的进步的过程，必须包含若干人情的冲突与人和人关系的重造。

我们大多数人，战前虽活在那么一个过程中，然而从目下检审制度的原则来衡量它时，作品的忠实，便不免多触忌讳，转容易成为无益之业了。因此作品最先在香港发表，即被删节了一部分，致前后始终不一致。去年重写分章发表时，又有部分篇章不能刊载。到预备在桂林印行送审时，且被检查处认为思想不妥，全部扣留，幸得朋友为辗转交涉，径送重庆复审，重加删节，方能发还付印。国家既在战争中，出版物各个管理制度，个人实完全表示同意。因为这个制度若运用得法，不特能消极的限止不良作品出版，还可望进一步鼓励优秀作品产生，制度有益于国家，情形显明。惟一面是个人为此谨慎认真的来处理一个问题，所遇到的恰好也就是那么一种谨慎认真的检审制度。另外在社会上又似乎只要作者不过于谨慎认真，便也可以随处随时得到种种不认真的便利。(最近本人把所有作品重新整理付印时，每个集子必有几篇“免登”，另外却又有人得到特许，用造谣言方式作小文章侮辱本人，如像某某小刊物上的玩意儿，不算犯罪。)两相对照，虽对现状不免有点迷惑，但又多少看出一点消息，即当前社会有些还是过去的继续。国家在进步过程中，我们还得容忍随同习惯而存在的许多事实，读书人所盼望的合理与公正，恐还得各方面各部门“专家”真正抬头时，方有希望。记得八年前《边城》付印时，在那本小书题记上，我曾说过：所希望的读者，应当是身在学校以外，或文坛消息，文学论战，以及各种批评所达不到地方，在各种事业里低头努力，很寂寞的从事于民族复兴大业的人。作品所能给他们的，也许是一点有会于心的快乐，也许只是痛苦……现在这本小书，我能说些什么？我很明白，我的读者在八年来人生经验上，对于国家所遭遇的挫折，以及这个民族忧患所自来的根本原因，还有那个多数在共同目的下所有的挣扎向上方式，从中所获得的教训……都一定比我知道的还要多还要深。个人所能作的，十年前是一个平常故事，过了将近十年，还依然只是一个平常故事。过去写的也许还能给他们一点启示或认识，目下可什么全说不上了。想起我的读者在沉默中所忍受的困难，以及为战胜困难所表现的坚韧和勇敢，我觉得我应当沉默，一切话都是多余了。在我能给他们什么以前，他们已先给了我许多许多了。横在我们面前许多事都使人痛苦，可是却不用悲观。骤然而来的风雨，说不定会把许多人的高尚理想，卷扫摧残，弄得无踪无迹。然而一个人对于人类前途的热忱，和工作的虔敬态度，是应当永远存在，且必然能给后来者以极大鼓励的！在我所熟习的读者一部分人表现上，我已看到了人类最高品德的另一面。事如可能，最近便将继续在一个平常故事中来写出我对于这类人的颂歌。

原载1943年4月21日重庆《大公报·战线》。

习作选集代序

先生，真亏你们的耐心和宽容，许我在这十年中一本书接一本书印出来。花费金钱是小事，花费你们许多宝贵的时间，我心里真难受，我们未必全有机会见面或通信，但我知道你我相互之间无形中早已有了一种友谊流通。我尊重这种友谊。不过我虽然写了许多东西，我猜想你们从这儿得不到什么好处。你们目前所需要的或者我竟完全没有。过去一时有个书评家称呼我为“空虚的作家”，实代表了你们一部分人的意见。那称呼很有见识。活在这个大时代里，个人实在太渺小了。我知道的并不比任何人多。对于广泛人生的种种，能用笔写到的只是很窄很小一部分。我表示的人生态度，你们从另外一个立场上看来觉得不对，那也是很自然的。倘若我作品不合你们的趣味，事不足奇，原因是我的写作还只算是给我自己终生工作一种初步的试验。你们欢喜什么，了解什么，切盼什么，我一时尚注意不到。我虽明白人应在人群中生存，吸收一切人的气息，必贴近人生，方能扩大他的心灵同人格。我很明白！至于临到执笔写作那一刻，可不同了。我除了用文字捕捉感觉与事象以外，俨然与外界绝缘，不相粘附。我以为应当如此，必需如此。一切作品都需要个性，都必需浸透作者人格和感情，想达到这个目的，写作时要独断，要彻底地独断！（文学在这时代虽不免被当作商品之一种，便是商品，也有精粗，且即在同一物品上，制作者还可匠心独运，不落窠臼，社会上流行的风格，流行的款式，尽可置之不问。）先生，不瞒你，我就在这样态度下写作了十年。十年不是一个短短的时间，你只看看同时代多少人的反复“转变”和“没落”就可明白。我总以为这个工作比较一切事业还艰辛，需要日子从各方面去试验，作品失败了，不足丧气，不妨重来一次；成功了，也许近于凑巧，不妨再换个方式看看。不特读者如何不能引起我的注意，便是任何一种批评和意见，目前似乎也都不需要。如果这件事你们把它叫作“傲慢”，就那么称呼下去好了，我不想分辩。我只觉得我至少还应当保留这种孤立态度十年，方能够把那个充满了我也更贴近人生的作品和你们对面。目前我的工作还刚好开始，若不中途倒下，我能走的路还很远。

这世界上或有想在沙基或水面上建造崇楼杰阁的人，那可不是我。我只想造希腊小庙。选山地作基础，用坚硬石头堆砌它。精致，结实，匀称，形体虽小而不纤巧，是我理想的建筑。这神庙供奉的是“人性”。作成了，你们也许嫌它式样太旧了，形体太小了，不妨事。我已说过，那原本不是特别为你们中某某人作的。它或许目前不值得注意，将来更无希望引人注意；或许比你们寿命长一点，受得住风雨寒暑，受得住冷落，幸而存在，后来人还须要它。这我全不管。我不过要那么作，存心那么作罢了。在作品上我使用“习作”字样，不图掩饰作品的失败，得到读者的宽容，只在说明我取材下笔不拘常例的理由。

先生，关于写作我还想另外说几句话。我和你虽然共同住在一个都市里，有时居然还有机会同在一节火车上旅行，一张桌子上吃饭，可是说真话，你我原是两路人。提到这一点你不用误会，不必难受，我并没有看轻你的意思。你不妨想象为人比我高超一等，好书读得比较多，人生知识比较丰富，道德品性比较齐全，——总而言之一切请便。只是我们应当分开。有一段很长很长的时期，你我过的日子太不相同了。你我的生活，习惯，思想，都太不相同了。我实在是个乡下人，说乡下人我毫无骄傲，也不在自贬，乡下人照例有根深蒂固永远是乡巴老的性情，爱憎和哀乐自有它独特的式样，与城市中人截然不同！他保守，顽固，爱土地，也不缺少机警却不甚懂诡诈。他对一切事照例十分认真，似乎太认真了，这认真处某一时就不免成为“傻头傻脑”。这乡下人又因为从小飘江湖，各处奔跑，挨饿，受寒，身体发育受了障碍，另外却发育了想象，而且储蓄了一点点人生经验。即或这个人已经来到大都市中，同你们做学生的——我敢说你们大多数是青年学生——生活在一处，过了十来年日子。也各以因缘多少读了一点你们所读的书，某一时且居然到学校里去教书。也每天照例阅读报纸，对时事发生愤慨，对汉奸感觉切齿。也常常同朋友争论，题目不外乎中国民族的出路，外交联俄亲日的得失，以至于某一本书的好坏，某一个作品的好坏。也有时伤风，必需吃三五片发汗药，躺一两天，机会凑巧等到对于一个女子发生爱情时，也还得昏脑昏头的恋爱，抛下日常正当事务不作，无日无夜写那种永远写不完同时也永远写不妥的信，而且结果就结了婚。自然的，表面生活我们已经差不多完全一样了。可是试提出一两个抽象的名词说说，即如“道德”或“爱情”吧，分别就见出来了。我既仿佛命里注定要拿一支笔弄饭吃，这枝笔又侧重在写小说，写小说又不可免得在故事里对于“道德”，“爱情”，以及“人生”这类名词有所表示，这件事就显然划分了你我的界限。请你试从我的作品里找出两个短篇对照看看，从《柏子》同《八骏图》看看，就可明白对于道德的态度，城市与乡村的好恶，知识分子与抹布阶级的爱憎，一个乡下人之所以为乡下人，如何显明具体反映在作品里。这不过是一个小小例子罢了，你细心，应当发现比我说到的更多。有许多事情可以说是我的弱点，但你也应当知道我这个弱点。

我这种乡下人的气质倘若得到你的承认，你就会明白我的作品目前与多数读者对面时如何失败的理由了，即或有一两个作品给你们留下点好印象，那仍然不能不说是失败。我作品能够在市场上流行，实际上近于买椟还珠，你们能欣赏我故事的清新，照例那作品背后蕴藏的热情却忽略了，你们能欣赏我文字的朴实，照例那作品背后隐伏的悲痛也忽略了。原因简单，你们是城市中人。城市中人生活太匆忙，太杂乱，耳朵眼睛接触声音光色过分疲劳，加之多睡眠不足，营养不足，虽俨然事事神经异常尖锐敏感，其实除了色欲意识以外，别的感觉官能都有点麻木不仁。这并非你们的过失，只是你们的不幸，造成你们不幸的是这一个现代社会。就文学欣赏而言，却又有过多的理论家和批评家，弄得你们头目晕眩。两年前，我常见有人在报章杂志上写论文和杂感，针对着“民族文学”问题“农民”文学问题，而有所讨论。讨论不完，补充辱骂。我当时想：这些人既然知识都丰富异常，引经据典头头是道，立场又各不相同，一时必不会有如何结论。即或有了结论，派谁来证实，谁又能证实？我这乡下人正闲着，不妨试来写一个小说看看吧。因此《边城》问了世。这作品原本近于一个小房子的设计，用少料，占地少，希望它既经济而又不缺少空气和阳光。我要表现的本是一种“人生的形式”，一种“优美，健康，自然，而又不悖乎人性的人生形式”。我主意不在领导读者去桃源旅行，却想借重桃源上行七百里路酉水流域一个小城小市中几个愚夫俗子，被一件人事牵连在一处时，各人应有的一分哀乐，为人类“爱”字作一度恰如其分的说明。文字少，故事又简单，批评它也方便，只看它表现得对不对，合理不合理；若处置题材表现人物一切都无问题，那么，这种世界虽消灭了，自然还能够生存在我那故事中。这种世界即或根本没有，也无碍于故事的真实。这作品从一般读者印象上找答案，我知道没有人把它看成载道作品，也没有人觉得还是民族文学，也没有人认为是农民文学。我本来就只求效果，不问名义；效果得到，我的事就完了。不过这本书一到了批评家手中，就有了花样。一个说“这是过去的世界，不是我们的世界，我们不要”。一个却说“这作品没有思想，我们不要”。很凑巧，恰好这两个批评家一个属于民族文学派，一个属于对立那一派。这些批评我一点儿也不吃惊。虽说不要，然而究竟来了，烧不掉的，也批评不倒的。原来他们要的他们自己也没有，我写出的又不是他们预定的形式，真无办法，我别无意见可说，只觉得中国倘若没有这些说教者，先生，你接近我这个作品，也许可以得到一点东西，不拘是什么；或一点忧愁，一点快乐，一点烦恼和惆怅，多少总得到一点点。你倘若毫无成见，还可慢慢的接触作品中人物的情绪，也接触到作者的情绪，那不会使你堕落的！只是可惜你们大多数即不被批评家把眼睛蒙住，另一时却早被理论家把兴味凝固了。你们多知道要作品有“思想”，有“血”，有“泪”；且要求一个作品具体表现这些东西到故事发展上，人物言语上，甚至于一本书的封面上，目录上。你们要的事多容易办！可是我不能给你们这个。我存心放弃你们，在那书的序言上就写得清清楚楚。我的作品没有这样也没有那样。你们所要的“思想”，我本人就完全不懂你说的是什么意义。

提到这点，我感觉异常孤独。乡下人太少了。倘若多有两个乡下人，我们这个“文坛”会热闹一点吧。目前中国虽也有血管里流着农民的血的作者，为了“成功”，却多数在体会你们的兴味，阿谀你们的情趣，博取你们的注意。自愿作乡下人的实在太少了。

虽然如此，我还预备继续我这个工作，且永远不放下我一点狂妄的想象，以为在另外一时，你们少数的少数，会越过那条间隔城乡的深沟，从一个乡下人的作品中，发现一种燃烧的感情，对于人类智慧与美丽永远的倾心，康健诚实的赞颂，以及对愚蠢自私极端憎恶的感情。这种感情且居然能刺激你们，引起你们对人生向上的憧憬，对当前一切的怀疑。先生，这打算在目前近于一个乡下人的打算，是不是。然而到另外一时，我相信有这种事。

先生，时间太快，想起来令人惆怅。我的第一个十年的工作已快要结束了，现在从一堆习作里，选了这样二十个短篇，附入几个性质不同的作品，编成这个集子，算是我这个乡下人来到都市中十年一点纪念。这样一本厚厚的书能够和你们见面，需要出版者的勇气，同时还有几个人，特别值得记忆，我也想向你们提提：徐志摩先生，胡适之先生，林宰平先生，郁达夫先生，陈通伯先生，杨今甫先生，这十年来没有他们对我种种的帮助和鼓励，这集子里的作品不会产生，不会存在。尤其是徐志摩先生，没有他，我这时节也许照《自传》上说的那两条路选了较方便的一条，不过北平市区里作巡警，就卧在什么人家的屋檐下瘪了，僵了，而且早已腐烂了。你们看完了这本书，如果能够从这些作品里得到一点力量，或一点喜悦，把书掩上时，盼望对那不幸早死的诗人表示敬意和感谢，从他的那儿我接了一个火，你得到的温暖原是他的。如果觉得完全失望了，不妨把我放在“作家”以外，给我一个机会，到另外一时，再来注意我的工作。十年日子在人事上不是个很短的时期，从人类历史说来却太短了。我们从事的工作，原来也可以看得很轻易，以为是制造饽饽食物必需现作现卖的，也可以看得比较严重，以为是种树造林必需相当时间的。我希望我的工作，在历史上能负一点儿责任，尽时间来陶冶，给它证明什么应消灭，什么宜存在。

原载1936年1月1日《国闻周报》第13卷第1期。

抽象的抒情

照我思索，能理解“我”。

照我思索，可认识“人”。

生命在发展中，变化是常态，矛盾是常态，毁灭是常态。生命本身不能凝固，凝固即近于死亡或真正死亡。惟转化为文字，为形象，为音符，为节奏，可望将生命某一种形式，某一种状态，凝固下来，形成生命另外一种存在和延续，通过长长的时间，通过遥遥的空间，让另外一时另一地生存的人，彼此生命流注，无有阻隔。文学艺术的可贵在此。文学艺术的形成，本身也可说即充满了一种生命延长扩大的愿望。至少人类数千年来，这种挣扎方式已经成为一种习惯，得到认可。凡是人类对于生命青春的颂歌，向上的理想，追求生活完美的努力，以及一切文化出于劳动的认识，种种意识形态，通过各种材料、各种形式，产生创造的东东西西，都在社会发展（同时也是人类生命发展）过程中，得到认可、证实，甚至于得到鼓舞。因此，凡是有健康生命所在处，和求个体及群体生存一样，都必然有伟大文学艺术产生存在，反映生命的发展，变化，矛盾，以及无可奈何的毁灭（对这种成熟良好生命毁灭的不屈、感慨或分析）。文学艺术本身也因之不断的在发展，变化，矛盾和毁灭。

但是也必然有人的想象以内或想象以外的新生，也即是艺术家生命愿望最基本的希望，或下意识的追求。而且这个影响，并不是特殊的，也是常态的。其中当然也会包括一种迷信成分，或近于迷信习惯，使后者受到它的约束。正犹如近代科学家还相信宗教，一面是星际航行已接近事实，一面世界上还有人深信上帝造物，近代智慧和原始愚昧，彼此共存于一体中，各不相犯，矛盾统一，契合无间。因此两千年前文学艺术形成的种种观念，或部分、或全部在支配我们的个人的哀乐爱恶情感，事不足奇。约束限制或鼓舞刺激到某一民族的发展，也是常有的。正因为这样，也必然会产生否认反抗这个势力的一种努力，或从文学艺术形式上作种种挣扎，或从其他方面强力制约，要求文学艺术为之服务。前者最明显处即现代腐朽资产阶级的无目的无一定界限的文学艺术。其中又大有分别，文学多重在对于传统道德观念或文字结构的反叛。艺术则重在形式结构和给人影响的习惯有所破坏。特别是艺术最为突出。也变态，也常态。从传统言，是变态。从反映社会复杂性和其他物质新形态而言，是常态。不过尽管这样，我们还是有如下事实，可以证明生命流转如水的可爱处，即在百丈高楼一切现代化的某一间小小房子里，还有人读《荷马》或《庄子》，得到极大的快乐，极多的启发，甚至于不易设想的影响。又或者从古埃及一个小小雕刻品印象，取得他——假定他是一个现代大建筑家——所需要的新的建筑装饰的灵感。他有意寻觅或无心发现，我们不必计较，受影响得启发却是事实。由此即可证明艺术不朽，艺术永生。有一条件值得记住，必须是有其可以不朽和永生的某种成就。自然这里也有种种的偶然，并不是什么一切好的都可以不朽和永生。事实上倒是有更多的无比伟大美好的东西，在无情时间中终于毁了，埋葬了，或被人遗忘了。只偶然有极小一部分，因种种偶然条件而保存下来，发生作用。不过不管是如何的稀少，却依旧能证明艺术不朽和永生。这里既不是特别重古轻今，以为古典艺术均属珠玉，也不是特别鼓励现代艺术完全脱离现实，以为当前没有观众，千百年后还必然会起巨大作用。只是说历史上有这么一种情形，有些文学艺术不朽的事实。甚至于不管留下的如何少，比如某一大雕刻家，一生中曾作过千百件当时辉煌全世的雕刻，留下的不过一个小小塑像的残余部分，却依旧可反映出这人生命的坚实、伟大和美好。无形中鼓舞了人克服一切困难挫折，完成他个人的生命。这是一件事。

另一件是文学艺术既然能够对社会对人发生如此长远巨大影响，有意识把它拿来、争夺来，为新的社会观念服务。新的文学艺术，于是必然在新的社会——或政治目的制约要求中发展，且不断变化。必须完全肯定承认新的社会早晚不同的要求，才可望得到正常发展。这就是社会主义制度下对文学艺术的要求。事实上也是人类社会由原始到封建末期、资本主义烂熟期，任何一时代都这么要求的。不过不同处是更新的要求却十分鲜明，于是也不免严肃到不易习惯情形。政治目的虽明确不变，政治形势、手段却时时刻刻在变，文学艺术因之创作基本方法和完成手续，也和传统大有不同，甚至于可说完全不同。作者必须完全肯定承认，作品只不过是集体观念某一时某种适当反映，才能完成任务，才能毫不难受的在短短不同时间中有可能在政治反复中，接受两种或多种不同任务。艺术中千百年来的以个体为中心的追求完整、追求永恒的某种创造热情，某种创造基本动力，某种不大现实的狂妄理想（唯我为主的艺术家情感）被摧毁了。新的代替而来的是一种也极其尊大，也十分自卑的混合情绪，来产生政治目的及政治家兴趣能接受的作品。这里有困难是十分显明的。矛盾在本身中即存在，不易克服。有时甚至于一个大艺术家，一个大政治家，也无从为力。他要求人必须这么作，他自己却不能这么作，作来也并不能令自己满意。现实情形即道理他明白，他懂，他肯定承认，从实践出发的作品可写不出。在政治行为中，在生活上，在一般工作里，他完成了他所认识的或信仰的，在写作上，他有困难处。因此不外两种情形，他不写，他胡写。不写或少写倒居多数。胡写则也有人，不过较少。因为胡写也需要一种应变才能，作伪不来。这才能分两种来源：一是“无所谓”的随波逐流态度，一是真正的改造自我完成。截然分别开来不大容易。居多倒是混合情绪。总之，写出来了，不容易。伟大处在此。作品已无所谓真正伟大与否。适时即伟大。伟大意义在文学艺术作品中已有了根本改变。这倒极有利于促进新陈代谢。也不可免有些浪费。总之，这一件事是在进行中。一切向前了。一切真正在向前。更正确些或者应当说一切在正常发展。社会既有目的，六亿五千万人的努力既有目的，全世界还有更多的人既有一个新的共同目的，文学艺术为追求此目的、完成此目的而努力，是自然而且必要的。尽管还有许多人不大理解，难于适应，但是它的发展还无疑得承认是必然的，正常的。

问题不在这里。不在承认或否认。否认是无意义的，不可能的。否认情绪绝不能产生什么伟大作品。问题在承认以后，如何创造作品。这就不是现有理论能济事了。也不是什么单纯社会物质鼓舞刺激即可得到极大效果。想把它简化，以为只是个“思想改造”问题，也必然落空。即补充说出思想改造是个复杂长期的工作，还是简化了这个问题。不改造吧，斗争，还是会落空。因为许多有用力量反而从这个斗争中全浪费了。许多本来能作正常运转的机器，只要适当擦擦油，适当照料保管，善于使用，即可望好好继续生产的——停顿了。有的是不是个“情绪”问题？是情绪使用方法问题？这里如还容许一个有经验的作家来说明自己问题的可能时，他会说是“情绪”。也不完全是“情绪”。不过情绪这两个字含意应当是古典的，和目下习惯使用含意略有不同。一个真正唯物主义者，会懂得这一点。正如同一个现代科学家懂得稀有元素一样，明白它蕴蓄的力量，用不同方法，解放出那个力量，力量即出来为人类社会生活服务。不懂它，只希望元素自己解放或改造，或者责备他是“顽石不灵”，都只能形成一种结果：消耗、浪费、脱节。有些“斗争”是由此而来的。结果只是加强消耗和浪费。必须从另一较高视野看出这个脱节情况，不经济、不现实、不宜于社会整个发展，反而有利于“敌人”时，才会变变。也即是古人说的“穷则通，通则变”。如何变？我们实需要视野更广阔一点的理论。需要更具体一些安排措施。真正的文学艺术丰收基础在这里。对于衰老了的生命，希望即或已不大。对于更多的新生少壮的生命，如何使之健康发育成长，还是值得研究。且不妨作种种不同试验。要客观一些。必须到明白把一切不同品种的果木长得一样高，结出果子一种味道，没有必要，也不可能，放弃了这种不客观不现实的打算。必须明白机器不同性能，才能发挥机器性能。必须更深刻一些明白生命，才可望更有效的使用生命。文学艺术创造的工艺过程，有它的一般性，能用社会强大力量控制，甚至于到另一时能用电子计算机产生（音乐可能最先出现）。也有它的特殊性，不适宜用同一方法，更不是“揠苗助长”方法所能完成。事实上社会生产发展比较健全时，也没有必要这样做。听其过分轻浮，固然会消极影响到社会生活的健康。可是过度严肃的要求，有时甚至于在字里行间要求一个政治家也作不到的谨慎严肃。尽管社会本身，还正由于政治约束失灵形成普遍堕落，即在艺术若干部门中，也还正在封建意识毒素中散发其恶臭，唯独在文学作品中却过分加重他的社会影响、教育责任，而忽略他的娱乐效果（特别是对于一个小说作家的这种要求）。过分加重他的道德观念责任，而忽略产生创造一个文学作品的必不可少的情感动力。因之每一个作者写他的作品时，首先想到的是政治效果，教育效果，道德效果。更重要有时还是某种少数特权人物或多数人“能懂爱听”

的阿谀效果。他乐意这么做。他完了。他不乐意，也完了。前者他实在不容易写出有独创性独创艺术风格的作品，后者他写不下去，同样，他消失了，或把生命消失于一般化，或什么也写不出。他即或不是个懒人，还是作成一个懒人的结局。他即或敢想敢干，不可能想出什么干出什么。这不能怪客观环境，还应当怪他自己。因为话说回来，还是“思想”有问题，在创作方法上不易适应环境要求。即“能”写，他还是可说“不会”写。难得有用的生命，难得有用的社会条件，难得有用的机会，只能白白看着错过。这也就是有些人在另外一种工作上，表现得还不太坏，然而在他真正希望终身从事的业务上，他把生命浪费了。真可谓“辜负明时盛世”。然而他无可奈何。不怪外在环境，只怪自己，因为内外种种制约，他只有完事。他挣扎，却无济于事。他着急，除了自己无可奈何，不会影响任何一方面。他的存在太渺小了，一切必服从于一个大的存在，发展。凡有利于这一点的，即活得有意义些，无助于这一点的，虽存在，无多意义。他明白个人的渺小，还比较对头。他妄自尊大，如还妄想以为能用文字创造经典，又或以为即或不能创造当代经典，也还可以写出一点如过去人写过的，如像《史记》，三曹诗，陶、杜、白诗，苏东坡词，曹雪芹小说，实在更无根基。时代已不同。他又幸又不幸，是恰恰生在这个人类历史变动最大的时代，而又恰恰生在这一个点上，是个需要信仰单纯，行为一致的时代。

在某一时历史情况下，有个奇特现象：有权力的十分畏惧“不同于己”的思想。因为这种种不同于己的思想，都能影响到他的权力的继续占有，或用来得到权力的另一思想发展。有思想的却必须服从于一定权力之下，或妥协于权力，或甚至于放弃思想，才可望存在。如把一切本来属于情感，可用种种不同方式吸收转化的方法去尽，一例都归纳到政治意识上去，结果必然问题就相当麻烦，因为必不可免将人简化成为敌与友。有时候甚至于会发展到和我相熟即友，和我陌生即敌。这和社会事实是不符合的。人与人的关系简单化了，必然会形成一种不健康的隔阂，猜忌，消耗。事实上社会进步到一定程度，必然发展是分工。也就是分散思想到各种具体研究工作、生产工作以及有创造性的尖端发明和结构宏伟包容万象的文学艺术中去。只要求为国家总的方向服务，不勉强要求为形式上的或名词上的一律。让生命从各个方面充分吸收世界文化成就的营养，也能从新的创造上丰富世界文化成就的内容。让一切创造力得到正常的不同的发展和应用。让各种新的成就彼此促进和融和，形成国家更大的向前动力。让人和人之间相处的更合理。让人不再用个人权力或集体权力压迫其他不同情感观念反映方法。这是必然的。社会发展到一定地步时，会有这种情形产生的。但是目前可不是时候。什么时候？大致是政权完全稳定，社会生产又发展到多数人都觉得知识重于权力，追求知识比权力更迫切专注，支配整个国家，也是征服自然的知识，不再是支配人的权力时。我们会不会有这一天？应当有的。因为国家基本目的，就正是追求这种终极高尚理想的实现。有旧的一切意识形态的阻碍存在，权力才形成种种。主要阻碍是外在的。但是也还不可免有的来自本身。一种对人不全面的估计，一种对事不明确的估计，一种对“思想”影响二字不同角度的估计，一种对知识分子缺少□□的估计。十分用心，却难得其中。本来不太麻烦的问题，作来却成为麻烦。认为权力重要又总担心思想起作用。

事实上如把知识分子见于文字、形于语言的一部分表现，当作一种“抒情”看待，问题就简单多了。因为其实本质不过是一种抒情。特别是对生产对斗争知识并不多的知识分子，说什么写什么差不多都像是即景抒情，如为人既少权势野心，又少荣誉野心的“书呆子”式知识分子，这种抒情气氛，从生理学或心理学说来，也是一种自我调整，和梦呓差不多少，对外实起不了什么作用的。随同年纪不同，差不多在每一个阶段都必不可免有些压积情绪待排泄，待疏理。从国家来说，也可以注意利用，转移到某方面，因为尽管是情绪，也依旧可说是种物质力量。但是也可以不理，明白这是社会过渡期必然的产物，或明白这是一种最通常现象，也就过去了。因为说转化，工作也并不简单，特别是一种硬性的方式，性格较脆弱的只能形成一种消沉，对国家不经济。世故一些的则发展而成阿谀。阿谀之有害于个人，则如城北徐公故事，无益于人。阿谀之有害于国事，则更明显易见。古称“千人诺诺，不如一士谔谔”。诺诺者日有增，而谔谔者日有减，有些事不可免作不好，走不通。好的措施也有时变坏了。

一切事物形成有他的历史原因和物质背景，目前种种问题现象，也必然有个原因背景。这里包括半世纪的社会变动，上千万人的死亡，几亿人的生活方式和生活愿望的基本变化，而且还和整个世界的问题密切相关。从这里看，就会看出许多事情的“必然”。观念计划在支配一切，于是有时支配到不必要支配的方面，转而增加了些麻烦。控制益紧，不免生气转促。《淮南子》早即说过，恐怖使人心发狂，《内经》有忧能伤心记载，又曾子有“蓬生麻中，不扶自直，白沙在涅，与之俱黑”语。周初反商政，汉初重黄老，同是历史家所承认在发展生产方面努力，而且得到一定成果。时代已不同，人还不大变。……伟大文学艺术影响人，总是引起爱和崇敬感情，决不使人恐惧忧虑。古代文学艺术足以称为人类共同文化财富也在于此。事实上在旧戏里我们认为百花齐放的原因得到较多发现较好收成的问题，也可望从小说中得到，或者还更多得到积极效果，我们却不知为什么那么怕它。旧戏中充满封建迷信意识，极少有人担心他会中毒。旧小说也这样。但是却不免会要影响到一些人的新作品的内容和风格。近三十年的小说，却在青年读者中已十分陌生，甚至于在新的作家心目中也十分陌生。

这是一篇作者未写完的遗作，初稿是在被查抄数年后退还的材料中发现的，发表时除校正了个别错字和标点外，余保持初稿原貌。根据作者来往书信，本文可能在1961年7月至8月初写于青岛，也可能是8月回京后所作。初载于湖南文艺出版社1989年4月版《长河不尽流》。

我为什么始终不离开历史博物馆

我是解放后才由北大国文系改入历史博物馆的，同时还在北大博物馆系教教陶瓷。因为北大博物馆系那个供参考用的陈列室，部分瓷器和漆器，多是我捐赠的，同时还捐赠了些书籍。

到馆不多久，即送我去西苑革大“政治学院”学习，约一年之久。临结业前，多重新分配工作，有的自愿填写。我因为经过内外变故太大，新社会要求又不明白，自己还能作什么也不明白，所以转问小组长，请转询上级，看作什么工作好，就派我去。因为既学习了将近一年，有大半年都是在饭后去厨房服务，和一个老炊事员关系搞得很熟。已对为人民服务不分大小有所体会。过不久，小组长约我谈话，告我上级还是希望我回到作家队伍中搞创作。这事大致也是那边事先即考虑过的。因为较早一些时候，就有好几位当时在马列学院学习的作家来看过我，多是过去不熟的，鼓励我再学习，再写作。

要我重新写作，明白是对我一种极大鼓励。但是我自己丧了气。头脑经常还在混乱痛苦中，恐怕出差错。也对“做作家”少妄想。且极端缺少新社会新生活经验。曾试写了个《炊事员》，也无法完成。所以表示，还是希望回到博物馆服务。工作寂寞点不妨事，人事简单比较容易适应。因此，即回了博物馆。照当时情况说来，工作是比较困难的。首先是我自己史部学底子极差，文物知识也皮毛零碎，图书室又不像样。同时来的同事比起来，知识都比我扎实得多。有的搞了几十年陶瓷，如傅振伦。有的熟习汉事有专著，如马非百。有的还专史学考古，如孙、姚、王、李诸人。按习惯，研究员主要就是坐办公室看书，或商讨工作计划，谈天，学习文件。没有人考虑到去陈列室，一面学，一面作说明员，从文物与观众两方面研究学习，可望提高认识的。我正因为无知，第一记住“不调查研究无发言权”，第二记住“研究中国文化史的重要性”，第三学习《实践论》，人民日报社论上介绍说“若一切学术研究工作，善于用实践论求知识，反复求证的方法去进行，必可得到新的进展”(大意是这么说的)。又学习过《矛盾论》，并不怎么懂，但是觉得，就懂到的点滴，试运用到文物研究，也一定可望取得新发现。明白“一切不孤立，一切事有联系和发展”。这些原则当时虽还孤零的记入印象中，但试来结合到我对于文物的学习研究上，得启发就太大了。本馆一系列特别展览，我总是主动去作说明员。一面学，一面讲。工作当然比坐办公室谈天、看书为辛苦。可是，知识或基本常识，便越来越落实了。加上入库房工作和图书室整理材料工作，凡派到头上的就干。常识一会通，不多久，情形自然就变化了。有了问题，我起始有了发言权。有些新问题，我慢慢的懂了。再结合文献，对文献中问题，也就懂得深了些，落实好些，基础踏实些。

记得当时冬天比较冷，午门楼上穿堂风吹动，经常是在零下十度以下，上面是不许烤火的。在上面转来转去学习为人民服务，是要有较大耐心和持久热情的！我呢，觉得十分自然平常。组织上交给的任务等于打仗，我就尽可能坚持下去，一直打到底。

事实上，我就在午门楼上和两廊转了十年。一切常识就是那么通过实践学来的。有些问题比较专门，而且是国内过去研究中的空白点，也还是从实践学来的。比如说，看了过十万绸缎，又结合文献，我当然懂的就比较落实了。

大致当时从组织上看来，我的工作似太沉闷了点，(或者别的原因)为照顾我情绪，又让我去当时辅仁大学教三小时散文习作，为廿个学生改卷子。不多久，又给我机会去四川参加土改。这期间，我曾写了个《我在文学创作上错误思想的检讨》，可能是由《光明日报》发表，香港曾转载过。土改工作是在内江县三区产甘蔗出白糖地区，剥削特别严重，蔗农生活多近于农奴。我在总队部专搞“糖房的剥削调查”工作，工作前后约五个月，受到一次终生难忘的深刻教育。本来用意，也有可能希望我就材料写一中或长篇小说。末后因为时间短，问题多，懂的事还不够全面，无法着手，只好搁下。

回到重庆，总队总结发言时，还曾让我就问题作廿分钟发言。我表示完全拥护党的政策。

回到北京，因参加过土改，对个人写作思想错误，有深一些认识，在学生中还主动自我批评了一次。不几天后，又调我参加文物行业的三、五反，约工作一月，更近于“作战”。当时全市似约百二十多家古董铺，我大约记得前后即检查了八十多家。馆中同事参加这一战役最久的，我是其中之一。这也显明是组织上有意教育我，有更多实践学习的机会。工作是十分辛苦的，却十分兴奋愉快。记得和几个公安人员一道，他们搬移东西，我说文物名称、年代，后来喉咙也嚷哑了。我的综合文物知识比较广泛，也比较踏实，和这次组织上给我的教育机会特别有关。主席伟大无比著作《实践论》提示求知识的新方法，试用到我本人学习上，得到的初步收获，使我死心塌地在博物馆作小螺丝钉了。我同时也抱了一点妄想，即从文物出发，来研究劳动人民成就的“劳动文化史”“物质文化史”，及以劳动人民成就为主的“新美术史”和“陶”“瓷”“丝”“漆”，及金属工艺等等专题发展史。这些工作，在国内，大都可说还是空白点，不易措手。但是从实践出发，条件好，是可望逐一搞清楚的。对此后通史编写，也十分有用的。因为若说起“一切文化成于劳动人民之手”，提法求落实，就得懂史实！

因此，当辅仁合并于人民大学，正式聘我作国文系教授时，我答应后，经过反复考虑，还是拒绝了。以当时待遇而言，去学校，大致有二百左右薪资，博物馆不过一百左右，为了工作，我最后还是决定不去。我依稀记得有这么一点认识：教书好，有的是教授，至于试用《实践论》求知方法，运用到搞文物的新工作，不受洋框框考古学影响，不受本国玩古董字画旧影响，而完全用一种新方法、新态度，来进行文物研究工作的，在国内同行实在还不多。我由于从各个部门初步得到了些经验，深深相信这么工作是一条崭新的路。作得好，是可望把做学问的方法，带入一个完全新的发展上去，具有学术革命意义的。

如果方法对，个人成就即或有限，不愁后来无人。

我于是心安理得，继续学习下来了。

我虽那么为工作而设想，给同事印象，却不会怎么好。因为各人学习方法不同，总像我是“不安心工作，终日飘飘荡荡”，特别是整日在陈列室，他们无从理解。因为研究员有研究员习惯架子（或责任），不坐下来研究，却去陈列室转，作一般观众说明，对他们说是不可理解的。所以故宫直到六四年后，除非什么要人贵宾来参观，高级研究员才出面相陪，平时可从不肯为普通观众作说明的。本馆也有这个习气，惟在专题展时稍好些。陈列改上新大楼，情形不同一点。但是有点基本认识并未克服，因此即少有搞陈列的同志，真正明白从作说明员中，同时还可以学许许多东西。且由此明白某部分懂得并不深透，再进而结合文献去印证，去反复印证。所以经过十年八年后，说来说去，永远无从对某一问题的深入。因此到改陈时，就多是临时抓抓换换，而并非胸有成竹，心中有数！

这是谁的责任？我想领导业务的应负责任。从一系列特种展和新楼陈列展，他本人对文物学了什么？只有天知道！说我飘飘荡荡不安心工作的也就是他，到我搞出点点成绩，他又有理由说我是“白专”了。全不想想直接领导业务，而对具体文物业务那么无知而不学，是什么？别人一切近于由无到有，却学了那么多，方法、原因又何在？总以为我学习是从个人兴趣出发，一点不明白恰恰不是个人兴趣。

正因为那种领导业务方法，不可能使业务知识得到应有的提高，许多同志终于各以不同原因离开了。因此一来，外机关有更好的位置，我也不会离开了。因为我相信我学习的方法若对头，总有一天会得到党领导认可的。研究人少，我工作责任加重是应当的。

博物馆到计划搞通史陈列时，碰到万千种具体问题，都得具体知识解决，不认真去一一学懂它，能解决吗？不可能的！没有一批踏踏实实肯学习的工作同志，用什么去给观众？问题杂，一下子搞不好，是必然的。要搞好，还是一个“学习”。所以我继续学下来了。以为我只是从个人兴趣出发。其实是不明白陈列说明中所碰到问题的多方面性。一个研究员在很多方面“万金油”的常识，有时比专家权威还重要得多。

从生活表面看来，我可以说“完全完了，垮了”。什么都说不上了。因为如和一般旧日同行比较，不仅过去老友如丁玲，简直如天上人，即茅盾、郑振铎、巴金、老舍，都正是赫赫烜烜，十分活跃，出国飞来飞去，当成大宾。当时的我呢，天不亮即出门，在北新桥买个烤白薯暖手，坐电车到天安门时，门还不开，即坐下来看天空星月，开了门再进去。晚上回家，有时大雨，即披个破麻袋。我既从来不找他们，即顶头上司郑振铎也没找过，也无羡慕或自觉委屈处。有三个原因稳住了我，支持了我：一、我的生活是党为抢救回来的，我没有自己，余生除了为党做事，什么都不重要。二、我总想念着在政治学院学习经年。每天在一起的那个老炊事员，我觉得向他学习，不声不响干下去，完全对。三、我觉得学习用《实践论》《矛盾论》辩证唯物论搞文物工作，一切从发展和联系去看问题，许多疑难问题都可望迎刃而解，许多过去研究中的空白点都可望得出头绪，而对新的历史科学研究领域实宽阔无边。而且一切研究为了应用，即以丝、瓷两部门的“古为今用”而言，也就有的是工作可作。所以当时个人生活工作即再困难，也毫无丝毫不快。一面工作，有时一面流泪，只是感到过去写作上“自以为是”犯的错误，愧对党、愧对人民而已，哪里会是因为地位待遇等等问题？

大致是一九五三年，馆中在午门楼上，举行“全国文物展”。我自然依旧充满了热情，一面学，一面作说明员。展出时间似相当长久，因此明白问题也较多。

后来才听说主席在闭馆时曾亲来看过两次。看过后很满意。问陪他的：“有些什么人在这里搞研究？”他们回答：“有沈从文……”主席说：“这也很好嘛……”就是这一句话，我活到现在，即或血压到了二百三十，心脏一天要痛二小时，还是要想努力学下去，把待完成的《丝绸简史》《漆工艺简史》《陶瓷工艺简史》《金属加工简史》一一完成。

若果这十八年工作上有了错误，降我的级，作为一个起码工作人员，减我的薪，到三十，至多五十元，在这种情形下，只要我心脏支持得住，手边有工具书有材料可使用，工作还是可以用极端饱满热忱来完成。而且还深信，这工作是会在不断改正中搞得好的。为什么？因为我老老实实在午门楼上转了十年，搞调查研究，有些认识是崭新的，唯物的！我应当用工作来报答主席，报答党。

同样是一九五三年，似九月间，全国文代会第二次大会在怀仁堂举行，我被提名推为出席大会代表。我参加了大会。到左侧房子接见一部分代表时，主席和总理等接见了我们。由文化部沈部长逐一介绍。主席问过我年龄后，承他老人家勉励我“年纪还不老，再写几年小说吧……”我当时除了兴奋感激，眼睛发潮，什么也没说。为什么？因为我前后写了六十本小说，总不可能全部是毒草，而事实上在“一二八”时，即有两部短篇不能出版。抗战后，在广西又有三部小说稿被扣，不许印行。其中一部《长河》，被删改了许多才发还，后来才印行。二短篇集被毁去。解放后，得书店通知，全部作品并纸版皆毁去。时《福尔摩斯侦探案》《封神演义》《啼笑因缘》还大量印行，老舍、巴金、茅盾等作品更不必说了。我的遭遇不能不算离奇。这次大会经主席接见，一加勉慰，我不能自禁万分感激而眼湿。给我机会在写作上再来补过赎罪。照我当时的理解，这对我过去全部工作，即无任何一个集子肯定意义，总也不会是完全否定意义。若完全否定，我就不至于重新得到许可出席为大会代表了。不至于再勉励我再写几年小说了。

这勉励，只增加我感激和惭愧。这经过，即家中人我也没有说，只考虑我应当怎么办。由于学习了几年主席关于文艺的许多指示，从工作全面去考虑，照“文艺面向工农兵”的原则，我懂的多是旧社会事件问题，而对新社会问题懂得极少，即或短期参加过土改、五反，较长时间却在午门楼上陈列室、文物库房、图书室。若重新搞写作，一切得从新学习。照我这么笨拙的人，不经过三年五载反复的学、写、改，决不会出成果。同时从延安随同部队，充满斗争经验，思想又改造得好的少壮有为，聪明才智出众超群的新作家又那么多。另一方面，即博物馆还是个新事业，新的研究工作的人实在并不多。老一辈“玩古董”方式的文物鉴定多不顶用，新一辈从外来洋框框“考古学”入手的也不顶用，从几年学习工作实践中已看出问题。同级研究工作人员，多感觉搞这行无出路，即大学生从博物馆系、史学系毕业的，也多不安心工作。我估计到我的能力和社会需要，若同样用五六年时间，来继续对文物作综合研究，许多空白点，一定时期都可望突破，或取得较大进展。我再辛苦寂寞，也觉得十分平常，而且认为自然应当，十分合理了。

因此我就一直在午门楼上转了十年，学了十年。许多旧日同行，学校同事，都认为是不可解的！

工作不可免遇到许多困难，有来自外部的，也有出于本身的。来自外部，多由于不明白许多工作是崭新的、创始的，带试探性，不可免会走些弯路，必须不断改正，才可望逐渐符合事实，得出正确认识。正应合了前人所说“民可乐成而难创始”，必见出显明成绩后，才会得到承认。例如我搞绸缎服装，馆中同志初初即多以为是由个人兴趣出发，不是研究中必需的，不明白它用在许多方面，都有一定作用。直到我写出篇有关锦缎论文时，同行中才明白，这里面还有那么些问题，为从来写美术史的所不知。且就这一部门举几个小例，就可证明搞绸缎可不是什么个人兴趣了。

一、本馆建馆时，派过两位同志去上海征集文物，化一千五百元买来一部商人担保是北宋原装原拓《圣教序》。这部帖据说还经由申博专家代为鉴定的。拿来一看，不必翻阅即可断定说的原装大有问题。为什么？因为封面小花锦是十八世纪中期典型锦，什么“担保”谎话，什么专家“权威”鉴定，若有了点锦缎常识，岂不是一下即推翻？

二、传世有名的《洛神赋图》，全中国教美术史的、写美术史的，都人云亦云，以为是东晋顾恺之作品，从没有人敢于怀疑。其实若果其中有个人肯学学服装，有点历史常识，一看曹植身边侍从穿戴，全是北朝时人制度；两个船夫，也是北朝时劳动人民穿着；二驸马骑士，戴典型北朝漆纱笼冠。那个洛神双鬟髻，则史志上经常提起出于东晋末年，盛行于齐梁。到唐代，则绘龙女、天女还使用。从这些物证一加核对，则《洛神赋图》最早不出展子虔等手笔，比顾恺之晚许多年，那宜举例为顾的代表作？

三、东北博物馆藏了一批缂丝，是全国著名而世界上写美术史的专家也要提提的。因为在伪满时即印成了一部精美图录，定价四百元，解放后在国内竟卖到三千元一部。六三年人民美术出版社还拟重印，业已制版。东北一个鉴定专家在序言中说得天花乱坠。其实内中年代多不可靠。有个“天官”刻丝相，一定说是宋代珍品，经指出，衣上花纹是典型乾隆样式，即雍正也不会有，才不出版。其实内中还有许多幅清代作品当成宋代看待。

四、故宫几年前曾花了六七百元买了个“天鹿锦”卷子，为了上有乾隆题诗，即信以为真。我当时正在丝绣组作顾问，拿来一看，才明白原来只是明代衣上一片残绣，既不是“宋”也不是“锦”。后经丝绣组一中学毕业工作同志，作文章证明是明代残料。那么多专家，还不如一个初学丝绸的青年知识扎实。为什么？故宫藏丝绸过十万，但少有人考虑过“要懂它，必须学”的道理。至于那个青年，却老老实实，看了几万绸缎，有了真正发言权。

五、故宫以前化了几百两黄金，收了幅乾隆题诗认为隋展子虔手迹，既经过鉴定，又精印出来，世界流传，写美术史的自然也一例奉若“国宝”。其实若懂得点历代服装冠巾衍变，马匹装备衍变，只从这占全画不到一寸大的地位上，即可提出不同怀疑，衣冠似晚唐，马似晚唐，不大可能出自展子虔之手。

此外如著名的《簪花仕女图》的时代，韩滉《五牛图》的伪托，都可提出一系列物证，重新估价。过去若肯听听我这个对于字画算是“纯粹外行”提出的几点怀疑，可能就根本不必花费那以百两计的黄金和十万计的人民币了。其中关键处就是“专家知识”有时没有“常识辅助”，结果就走不通。而常识若善于应用，就远比专家得力。

就目前说来，我显明还是个少数派。因为封建帝王名人收藏题字，和现代重视的鉴定权威，还是占有完全势力，传统迷信还是深入人心，谈鉴定字画，我还是毫无发言权。可是我却深信，为新的文物鉴定研究，提出些唯物的试探，由于种种限制，尽管不可免会有各种错误，总之，工作方法是新的，而且比较可靠。破除迷信是有物质基础，不是凭空猜谜人云亦云的。将来必然会发展为一种主要鉴定方法。

我在前面随手举的几个例子，只在说明，我始终留在博物馆不动原因，不是为了名、利、权、位，主要是求补过赎罪。搞的研究，不是个人兴趣，而是要解决一系列所谓重要文物时代真伪问题。不是想做专家权威，正是要用土方法，打破在文物界中或历史上的一切专家“权威”，破除对他们千年来造成的积习迷信，为毛泽东时代写新的中国文化史或美术史，贡献出点点绵薄之力。

这十八年中，我的工作另外方面犯了许多大小错误，曾初次作过大小六十多次的检讨。一定还有不少未提到处。我的学习方法，工作方法，必然也还有待不断改善，并反复检讨和自我批评。现在只是就主席勉励我写作，我没有照指示作去，依旧留在博物馆的前因后果，前后思想，就个人记忆到的说明一下。这里自然包含一点希望，就是可以明白我根本不是什么专家“权威”，而我的学习，却近于由无到有，用土方法，依照主席《实践论》的指示，搞调查研究，来破除文物鉴定的传统“迷信”、传统“权威”，不问是徽宗乾隆帝王，都可以加以否定！一切努力，都是在对专家“权威”有所“破”、有所否定的。

我希望在学习改造中，心脏和神经还能支持，不至于忽然报废，而能把许多待进行、待完成的工作，比较有系统有条理完成一部分就好！

一个人血压总在二百以上，一天还有一二小时心脏发痛，搞工作的愿望即再顽强，总还是不免要受体力限制，感到生命有限，难以为继。记得前年即曾为江青同志写了个信：“为了补过赎罪，我在博物馆工作已十多年，搞综合文物研究。别的工作再求深入，受体力限制，已不会有什么成就。惟对锦缎研究，拟恢复三几百种健康活泼可供再生产参考取法的图样，留着我女孩作助手，不要公家一文钱，或者在不甚费事情形下，即可完成。……”

六三年政协大会，我曾提案建议，将京郊上方山藏明锦，经过故宫派人看选过的约一千七百种，调来北京。这案通过后，文化部或故宫已共同派人把原物调来，现存故宫丝绣组。那么一份材料，内中当然包含许多问题，必须加以整理，才能说明白糟粕和精华。若由对问题陌生人去清理，一年半载中恐怕搞不出结果。若让我去参加，至多有十天半月，即可将问题弄清楚，明白来龙去脉，写出简明报告。也算是完成一件工作。所以我希望在不久将来，得到解放后，还能抢时间，先解决下这个问题。

照我个人认识水平，破四旧中的“破”，除对旧文化中特别有由于帝王名人、专家权威、狡诈商人共同作成的对于许多旧文物的价值迷信，以为是什么“国宝”的许许多多东西，并不是一把火烧掉或捣毁，而是用一种历史科学新方法，破除对于这些东西的盲目迷信，还它一个本来面目。我的工作若或多或少还能起点作用，就继续作下去。我估计，数年前旧文化部聘请的几个鉴定字画专家“权威”，在国内鉴定的所谓“国宝”，若能用新的方法去重新检查一下，可能还有上千种都是可以证明根本不是那回事，只能当作“处理品”看待，至多也只是“参考品”而已。

如我这个工作，在新社会已根本不需要，已不必要，在工作中又还犯了严重过失，就把我改为一个普通勤杂工，以看守陈列室，兼打扫三几个卫生间，至多让我抄抄文物卡片，我也将很愉快、谨慎、认真，来完成新的任务，因为这也近于还我一个本来面目。在新社会就我能做的做去，正是最好补过赎罪的办法！我吃了几十年剥削饭，写了许多坏文章，现在能在新社会国家博物馆作个陈列室的看护员，或勤杂工，只要体力还顶用，一定会好好做去，不至于感到丝毫委曲的。如果在新指示推动下，本馆工作将进入人事精简时期，商讨到职工去留，从客观说，我的所学，在新社会博物馆工作中已并没有多大需要，从我体力说，又实在担负不了工作任务，只近于指指点点说空话，凡是要用体力解决的我都已办不了，高血压又已定型，身体报废不过迟早间事，为了国家节约，把我放在第一批精简人数之内，我也将愉快接受。即或不做事，到馆中新的改陈要遇到一系列常识问题不好解决时，还是会就我头脑中记下的、理解的，一一提出。外单位美术教育若有新的教材，照新要求应从“劳动文化”着眼，以劳动人民成就贡献占主要地位，求措词得体有分寸，感到难于下笔，要问到时，我的点点滴滴常识，大致还得用，一定也会就记忆到的、理解到的一一说去。在完全尽义务情形下，把工作搞好一点。

人老了，要求简单十分，吃几顿饭软和一点，能在晚上睡五六小时的觉，不至于在失眠中弄得头脑昏乱沉重，白天不至于忽然受意外冲击，血压高时头不至于过分感觉沉重，心脏痛不过于剧烈，次数少些，就很好很好了。至于有许多预期为国家为本馆可望进行、可望完成的工作，事实上大致多出于个人主观愿望，不大会得到社会客观需要所许可，因为社会变化太大，这三年来我和这个空前剧烈变化的社会完全隔绝，什么也不懂了。即馆中事，我也什么都不懂了。

正因为对世事极端无知，我十分害怕说错话。写这个材料出来，究竟是不是会犯大错误，是不是给你们看了还可请求将来转给中央文革，当成一个附带材料？因为若不写出来，即或我家中也不大懂得我这十多年在博物馆，究竟为什么而学，学的一切又还有什么用？

沈从文

1968.12 北京

本文是作者在“文革”中的申诉材料之一。曾编入《沈从文别集·新与旧》一书，1992年12月由岳麓书社出版。

从新文学转到历史文物

——一九八〇年十一月二十四日

在美国圣若望大学的讲演

各位先生，各位女士，各位朋友：

我是一个没有读过书的人，今天到贵校来谈谈，不是什么讲演，只是报告个人在近五十年来，尤其是从二十到三十年代，由于工作、学习的关系，多少一点认识。谈起来都是很琐碎的，但是接触的问题，却是中国近五十年来变化最激烈的一个阶段——二十年代的前期到三十年代。

我是从一个地图上不常见的最小的地方来的，那个地方在历史上来说，就是汉代五溪蛮所在的地方，到十八世纪才成立一个很小的政治单位，当时不过是一个三千人不到的小城，除了一部分是军队，另一部分就是充军的、犯罪的人流放的地方。一直到二十世纪二十年代，这小镇的人口还不到一万人，但是这小地方却驻了七千个兵，主要就是压迫苗民的单位。因此我在很小的时候，就有机会常见大规模的屠杀，特别是辛亥革命那段时间。这给我一个远久的影响——就是认为不应有战争，特别是屠杀，世界上任何人都没有权利杀别一个人。

这也就影响到我日后五十年的工作态度，在无形中就不赞成这种不公正的政治手段。到了我能够用笔来表达自己意见的时候，我就反映这个问题。但是社会整个在大动乱中间，我用笔反映问题的理想工作就难以为继了。照着原来的理想，我准备学习个五十年，也许可算是毕业，能作出点比较能满意的成绩。但是时代的进展太快了，我才学习了二十年，社会起了绝大的变化，我原来的工作不易适应新形势的要求，因此转了业，这就是近三十年来，我另换了职业的原因。

今天回看二十年代以来二十多年的中国文学的发展，真是问题太多了。我是在大学教这个问题，教了二十年，现在要把那么长一段时间的各种变动，压缩到不到一个钟头来讲，仅仅只能谈个大略的印象，所以会有很多欠缺的地方。现在，我们新国家有很多的有关“五四”以来的专著都在编写，我只能谈到很少的部分，即是与我的学习和工作有关的一部分。

我是一九〇二年生的，一九二二年到了北京。这之前，我当了五年小兵，当时所见的对我以后的写作有密切的关系。这段时间，正是近代中国史上所说最混乱、腐败的军阀时代，从地方上很小的军阀以至北京最大的军阀的起来和倒台，我都有比较清楚的印象。

刚到北京，我连标点符号都还不知道。我当时追求的理想，就是五四运动提出来的文学革命的理想。我深信这种文学理想对国家的贡献。一方面或多或少是受到十九世纪俄国小说的影响。到了北京，我就住到一个很小的会馆，主要是不必花钱。同时在军队中养成一种好习惯，就是，没有饭吃全不在乎。这可不容易，因为任何的理想到时候都要受损伤的。但是我在军队久了，学得从来不因为这个丧气。这也就是后来住到了北京大学附近，很快就得到许多朋友赞许的原因。北京的冬天是零下十几度，最低到零下二十多度，我穿着很薄的单衣，就在那里呆下去了。别人不易了解，在我而言，却是很平常的。我从不丧气，也不埋怨，因为晓得这个社会向来就是这样的。

当然，仅是看看《红楼梦》，看看托尔斯泰的作品，是不会持久的。主要是当时一些朋友给我鼓励和帮助，包括三个大学：北京大学、燕京大学和农业大学。当我实在支持不下去的时候，我就靠着它们，做个不速之客。在这种情况下，有许多对社会有更深了解的人都觉得非革命不可。我是从乡下来的，就紧紧地抓着胡适提的文学革命这几个字。我很相信胡适之先生提的：新的文体能代替旧的桐城派、鸳鸯蝴蝶派的文体。但是这个工作的进行是需要许多人的，不是办几本刊物，办个《新青年》，或凭几个作家能完成，而是应当有许多人用各种不同的努力来试探，慢慢取得成功的。所以我的许多朋友觉得只有“社会革命”能够解决问题，我是觉悟得比较晚的，而且智能比较低，但是仍能感觉到“文学革命”这四个字给我印象的深刻，成为今后文学的主流。按照当时的条件来讲，我不可能参加这样的工作，我连标点符号还不懂，唯一的可能是相信我的一双眼睛和头脑，这是我早年在军队生活里养成的习惯，对人世的活动充满了兴趣。

恰好住的地方是北京前门外一条小街上，向右走就是文化的中心，有好几百个古董店。现在看来，可以说是三千年间一个文化博物馆。大约十五分钟就可从家走到那里，看到所要看的一切。向左边走二十分钟又到了另外一个天地，那里代表六个世纪明朝以来的热闹市集，也可以说是明清的人文博物馆。因为这个时期仅仅隔宣统逊位十二年，从十七世纪以来，象征皇朝一切尊严的服装器物，在这里都当成废品来处理，像翡翠、玛瑙、象牙、珍珠等，无所不有。一面是古代的人文博物馆，上至三、四千年前的东东西西；一面是前门的大街，等于是近代的人文博物馆，所以于半年时间内，在人家不易设想的情形下，我很快学懂了不少我想学习的东西。这对我有很深的意义，可说是近三十年我转进历史博物馆研究文物的基础。因为，后来的年轻人，已不可能有这种好机会见到这么多各种难得的珍贵物品的。

按照社会习惯来说，一个人进了历史博物馆，就等于说他本身已成为历史，也就是说等于报废了。但对我来说，这是一个机会，可以具体地把六千年的中华文物，劳动人民的创造成果，有条理有系统地看一个遍。从个人来说，我去搞考古似乎比较可惜，因为我在写作上已有了底子；但对国家来说，我的转业却是有益而不是什么损失，因为我在试探中进行研究的方法，还从来没有人做过。

我借此想纠正一下外面的传说。那些传说也许是好意的，但不太正确，就是说我在新中国成立后，备受虐待、受压迫，不能自由写作，这是不正确的。实因为我不能适应新的要求，要求不同了，所以我就转到研究历史文物方面。从个人认识来说，觉得比写点小说还有意义。因为在新的要求下，写小说有的是新手，年轻的、生活经验丰富、思想很好的少壮，能够填补这个空缺，写得肯定会比我更好。但是从文物研究来说，我所研究的问题多半是比较新的问题，是一般治历史、艺术史、作考古的、到现在为止还没有机会接触过的问题。我个人觉得：这个工作若做得基础好一点，会使中国文化研究有一个崭新的开端，对世界文化的研究也会有一定的贡献。因为文化是整体的，不是孤立的。研究的问题上溯可到过去几千年，但是它新的发展，在新的社会，依然有它的用处。这并不是我个人有什么了不得的长处，主要还是机会好，条件好。在文物任何一部门：玉器、丝绸、漆器、瓷器、纸张、金属加工……都有机会看上十万八万的实物。那时又正当我身体还健康，记忆力特别好的时候。可惜我这次出国过于匆忙，没来得及带上一些小的专题来与各位讨论。若将来有机会我能拿我研究中比较有头绪的一二十个专题来，配上三五十个幻灯片，我相信各位一定会有兴趣的。

因为我们新的国家，对文物的管理和保护都有明文规定，随着国家工业、农业的建设，已大规模地发现古物。整个来说就是把中国的文化起源，往前推进了约两千年。根据最近的发现，大约在四千年前就懂得利用黄金，同时也有了漆器、丝绸的发明，而且也知道那时候服饰上的花纹设计。我的工作就是研究这四千年来丝绸上花纹的发展。因为研究丝绸的关系，也同时使我研究起中国的服饰基本图案。最近已出版了一个集子，将来很可能会另外出些不同问题的专书。我今年已七十八岁了，在我兴趣与精力集中下，若是健康情形还好，在新条件下我至少可望还工作五六年。

我举个大家会感兴趣的例子：在商朝，大约是公元前十六世纪，从新出土文物中，就知道女士们的头发是卷的。因为材料多，我研究是用新的方法来做，先不注意文献，只从出土的材料来看问题；不谈结论，先谈实物，以向各部门提供最新资料。这只算是为其他各研究部门打打杂，作后勤工作，说不上什么真正研究的成绩。

现在在国外的朋友以及在台湾的兄弟们，希望各位有机会回去看看。每个人都知道中国有所谓《二十五史》，就没有人注意现在从地下发掘的东西，比十部《二十五史》还要多。那些有兴趣研究中国文化史、艺术史与工艺史的朋友，都值得回去看看。任何部门都有大量的材料，存放在各省博物馆的库房里，等待有心人来整理和研究。这大多数都是过去文献上从没提到的，我们也只是进行初步的探索。但这工作明显需要大量的对中国文化有兴趣的朋友来共同努力。这种研究的深入进展，十分显明是可以充实、丰富、纠正《二十五史》不足与不确的地方，丰富充实以崭新内容。文献上的文字是固定的，死的，而地下出土的东西却是活的，第一手的和多样化的。任何研究文化、历史的朋友，都不应当疏忽这份无比丰富宝藏。

可惜的是，到目前为止，中国本身的事情太多了，再加上最近十年的动乱，许多工作有点来不及注意处理。直到最近几年才给予它应有的注意。在座中大约有研究明清史料的。仅就这个问题而言，我们尚有一千万件历史档案有待整理和研究。根据中国社会科学院历史研究所的同事说，光是这方面就需要有一百个历史研究员研究一百年。

大家都知道敦煌、龙门、云冈三个石窟，是中国中古以来的文化艺术的宝藏。其实还有更多的史前和中古近古的壁画出土，将来都会逐渐公诸于世的。照过去的习惯，我们多以为对汉唐文物已知道了很多；但从新出土的文物来比证，就发现我们从前知道的实在还太少。例如在文献上虽常常提及唐代妇女的服饰，但它究竟是怎么回事，实并不明确。因为文献只有相对可靠性，不够全面。那么现在不甚费力就能分辨出初唐（武则天时代）、盛唐（杨贵妃时代）与晚唐（崔莺莺时代）妇女服饰基本上的不同。所以这些研究从大处说，不仅可以充实我们对于中国民族文化史的知识，从小处说，也可以帮助我们纠正对许多有名的画迹、画册在年代上的鉴定。这也就是我虽快八十岁，根本没想到退休的原因。我希望最少能再作十年这种研究，而且将来能有机会拿文物研究中一些专题向在座各位专家朋友请教。

刚才金介甫教授对我的工作夸奖似太过了，我其实是个能力极低的人，若说有点好处，那就是揪住什么东西就不轻易放过。这是金岳霖教授对我的评语。我也希望再用这种精神，多研究个五年、十年。至于我的文学作品，应当说，都早已过时了。中国情况和世界其他国家的情况不同，它变化得太快了，真如俗话说的："三年一小变，十年一大变。"我的一切作品，在三十年前就已过时了。今天只能说，我曾在文字比较成熟的三十年代前后，留下一些社会各方面的平常故事。现在已是八十年代！

许多在日本、美国的朋友，为我不写小说而觉得惋惜，事实上并不值得惋惜。因为社会变动太大，我今天之所以有机会在这里与各位谈这些故事，就证明了我并不因为社会变动而丧气。社会变动是必然的现象。我们中国有句俗话说："塞翁失马，焉知非福！"在中国近三十年的剧烈变动情况中，我许多很好很有成就的旧同行，老同事，都因为来不及适应这个环境中的新变化成了古人。我现在居然能在这里很快乐的和各位谈谈这些事情，证明我在适应环境上，至少作了一个健康的选择，并不是消极的退隐。特别是国家变动大，社会变动过程太激烈了，许多人在运动当中都牺牲后，就更需要有人更顽强坚持工作，才能够保留下一些东西。在近三十年社会变动过程中，外面总有传说我有段时间很委屈、很沮丧；我现在站在这里谈笑，那些曾经为我担心的好朋友，可以不用再担心！我活得很健康，这可不能够作假的！我总相信：人类最后总是爱好和平的。要从和平中求发展、得进步的。中国也无例外这么向前的。

听众问：“请问沈老，您最近出版的第一部大作，可在什么地方买到？”

沈先生答：最近在香港印行的是有关服饰的。这部稿子在“文革”期间几乎被烧掉。书名是《中国古代服饰研究》，是当时周恩来总理给我的一个任务，在一九六四年就完成了。有二十多万字说明，四百多张图片，从商朝到清初，前后有三千多年。不久将来或许将有英、日译文本了。但里面应用的材料可能太深了点，不大好懂，在翻译中将有些删减。我倒希望有些版本能不删减，可作为研究资料用；许多问题还有待讨论。

我的第二个文物集子也在进行中，到底是用断代好呢？还是分类好？现在还没决定。这工作现在来做，条件实在很好，也得到相当多的经费，给了两个副研究员的名额，但助手选择也并不容易，他必定要知道历史，知道文物，必须具有各方面的知识，还得有文学和艺术知识，才能综合资料，提出新的看法。这种人员的训练很不容易。资料分散在全国各地，一切东西都是崭新的。举例来说：过去我们以为铜器上的镶金银是源于春秋战国时代，现在知道在商朝就有了。另外，我还对于中国使用镜子用了点心，二十多年前编过一本《唐宋铜镜》。镜子，过去也以为是春秋战国产物，现在出土的商朝镜子就有七八面，三千三百年前就有镜子了。

又如马王堆出土的花纱衣服，一件只有四十八克重，还不到一两。像同样的文物，中国近代出土的实有万千种。工艺上所达到的水平，多难于令人设想的精美。许多工作都在进行中。我们大家对秦始皇墓中的兵马俑都很感兴趣，在中国，类似的新文物有很多很多。另外朱洪武第十七太子在山东的陵墓，大家以为是明朝初年的，其实也并不全是，我们搞服装的从大量殉葬泥俑就知道，当差的服装多半还照元朝的官服，牵马人的服装又是照宋朝的官服。原因是中国历来各朝代常将前一朝代最高贵品级的服饰，规定为本朝最低贱人的服饰，表示对于前一朝代的凌辱。又如北朝在洛阳建都，力求华化，帝王也戴"漆纱笼冠"，一直沿用下来，但到了唐朝，漆纱笼冠都是较低品级的官吏服用。这就是我说的，我虽"不懂政治"，但这些涉及政治的问题，却不能不懂一点。(幸好只懂得这么一点点，要懂得稍多，这时我也许不会到这里来谈话了。)

原载1981年2月美国《海内外》第29期。其文字系《海内外》依沈从文1980年11月24日在美国圣若望大学的讲演录音整理，篇名为《海内外》编者所拟。

辑四 书信

晚年沈从文留影

致王际真

一九三一年十一月二十三日

际真：

志摩十一月十九日十一点三十五分乘飞机撞死于济南附近“开山”。飞机随即焚烧，故二司机成焦炭。

志摩衣已尽焚去，全身颜色尚如生人，头部一大洞，左臂折碎，左腿折碎，照情形看来，当系飞机堕地前人即已毙命。

廿一此间接到电后，廿二我赶到济南，见其破碎遗骸，停于一小庙中。时尚有梁思成等从北平赶来，张嘉铸从上海赶来，郭有守从南京赶来。廿二晚棺木运南京转上海，或者当葬他家乡。我现在刚从济南回来，时二十三早晨。

这封信作者曾于1981年8月所作《友情》一文中引用。1981年11月22日《新文学史料》第4期首次发表。

编者注：“开山”，系在当年未到现场的条件下沈从文所误记。徐志摩遇难地，当地称为“北大山”，山脚下临近有开山村。

致张兆和

一九三八年四月十二日

三姊：

小院子已绿成一片。老树也绿了，终日有八哥在树上叫，黄昏前尚叫个不止。居常天明以前落雨，白天不落雨。便在雨中，也有雀鸟叫。我们定明天上路，看情形，在这里恐不容易得到你来信了。这时节你一定以为我们业已上路。殊不知还是坐在廊下听鸟声。

路上至少得十天。试想想，上西山只是一点钟汽车，这里却得整整十天！爬的山至少比西山高二十倍，有些地方百里内无住户人家，无避雨处，无烧火处。路上情形，可以想见。可是一切有数，不用担心。这信到得你手边时，我或者已到昆明和熟人全见面了。也许半路出了意外（这是乱世极平常的），你记着一件事，不必难受，好好的做个人为是。国家需要你这样，孩子需要你这样，尤其是二哥，盼望你这样。死者完事，生者好好的活。使孩子健康长大，受良好的教育，不堕落，有父亲之刻苦作事，厚道待人，有母亲之明大体，爱清洁，守秩序，这就是成功，也就是做人。忘了我的小毛病，数年来对你的许多麻烦，且忘了我的弱点。应当忘掉的都得忘掉，莫为徒然痛苦所压倒。正因为未来日子甚长，可作事还多。你还年纪很青，我知道说到这点会使你难过起来，可是不能不说说。我倒什么都不怕，遇什么都受得了，只是想念及你和孩子，好像胆量也小了，心也弱了。本来定今天上路，就因为担心心弱，腰部不大舒服，便休息了一天。小五哥已于前天上路，他的通信可由晏池先生转。

很想念小虎，半年来不见他，已想不出是个什么样子。头发眼睛想不出，神气也想不出。九妹若想过上海，有伴上路，让她上路。大姐三嫂同住，到了那里，日子也许可以变变。不想走，即须好好过日子。这世界，万千人都欲活不能活，我们能吃、喝、住，毫无困难，应当知道已不容易。再不好好过日子，等等不知自重，自己向自己捣乱。回沅陵住是妄想，房子虽好，生活如何支持？大哥因三哥困难，不寄钱来，生活并不从容，性情认真而天真，九来恐过不惯。将来也许可望你们都来住，你们一同来住。这地是为小虎小龙准备的。在我住楼房右手，现在只有一匹马，三五株竹子，两堆芭蕉，一片草。房子约四五百元可以成就。花钱极少，弄得极好看合用。我希望到八九月你们当真便可来这里住。小虎到这里来，必十分快乐，因为鸟雀之多，不可形容。小龙来时一定只想上城，屋后不远即可上城，在城上可看的很多。鱼很新鲜，美观之至，在河边可看人打鱼。河边虽不如青岛海边好看，并且不如海边干净，可是船只极多，木筏也好，颜色气味都令人感动。负柴担草妇人过渡时，尤其好看。半渡时两岸如画，四围是山，房子俨然全在山上。房子颜色很美，对河即可看到。走近北门时，高石墙如城，藤萝缭绕，上不少阶石才到大门，进门青翠扑人。如你当时同杨小姐一路，这时住这里，必觉得比上昆明好。在廊下看山，新绿照眼，无法形容。鸟声之多而巧，也无可形容。近日来常有一八哥，老老实实稳当当坐在新发叶子的老树枝上，叫了一会又休息休息，听别的鸟叫，休息过后又接着叫。

杜鹃还不曾开口。

四弟焕 顿首

四月十二

一九五六年十月十日

兆三姐：

今天在风雨中上了山，不知什么山，只是慢慢的上到高台地罢了。到处是新建筑工程在进行。我们到了新师范学院，四个助教陪我们看了文物室两点钟。在风雨中回到趵突泉吃中饭。饭后二点起始看“山东博物馆”，在十来间大小房子中绕来绕去，经过三点半钟，才离开。看了许多也听了许多，还准备明天再看。如机会许可，后天再看库房。直到如今，还不曾玩“大明湖”找白妞黑妞说书处拜访一番！看情形，大明湖只修庙，不说书。还是得看看。其实带点三秋衰落光景作诗本不妨说说，但不作兴说，什么好诗也没有了，只有让一块红布作标语牌牌招展于码头边，代替一切。回到住处时已六点，才知道累到一个程度。楼下正有音乐齐鸣。附近医学校许多学生刚散学，许多着白衣的女孩子，快快乐乐的当真一队一队从我前面走过。记得但丁在什么桥头曾望见一个白衣女郎和她的同伴默默含情的走过，我估想在学校附近，也必然有这种未来诗人或第一流大医生，等着那些年青女孩子走过，而这些女孩子对于那一位也全不在意。

还有另外一种情景。今天上午到师范学院时，正值午课散学，千百学生挤着出门上饭堂，我们在这些年青人中间直挤来挤去，没有一个人认识，也极有意思。因为即“报上名来”，也还是没有人明白你沈某是谁，作什么事，正和传达门房差不多，望望不相识，一开口即问我是“干什么的”，我说“什么也不干”，他却笑了。必须遇到好事的，才问问“客从何处来”，听说从北京来，也只是怀着一点点好奇神情，望望上下。可能最引起注意的还是我脚下一双学生鞋，证明和他们大伙“是同道”，因为许多人也穿着这么一双布鞋子。如果听说是巴金，大致不到半小时，就传遍了全校。我想还是在他们中挤来挤去好一些，没有人知道我是干什么的，我自己倒知道。如到人都知道我，我大致就快到不知道自己究竟是干什么的了。在年青学生丛中被推搡着时，我看看面前许多女孩子，都和你在中公时同学相差不多，可没有发现什么“小黑猫”，但是倒发现了——或证实了另外一件事情，长头发同学当真相当多！无怪乎乡下中学教员，总居多是头发长长的！有些人头发长而上竖，如戴胜一般，决不是无心形成，还似乎有点时髦味道，大致平时必有什么名教授也这样，相当用功，所以弟子们不知不觉也受了点影响。这里有一种淳朴之风流注，很可爱。我说的是包括了戴胜冠式的头发和其他一切。

我们今天看了《流浪者》，上下两集，分别买票，看完了出门再买票，小孩子一定觉得有趣，因为刚从前门进去，旁门出来，又从前门进去。大人也有些因为反复而感到趣味，不然不会常作冗长报告！院中坐位和灯光都还好，比大华像样一些。电影场面和末尾结果有点美国味，主要怕是向美国找主顾，要观众。殴打、跳舞、审判、结局都如美式。又是用刀！印度人相当聪敏，用到电影企业上，不走美国路线，将是奇迹！但无疑会突破这个限制，作出真正印度民族形式电影的。

回来时已九点，约有二里路，一路上全是医学院学生。只听他们谈文学，说小说作品技巧，说了许多，听来真有意思。这些年青人大致和我们小龙小虎差不多，他如和他们同学也是这样子。我好像是这些人的父亲一样听下去，觉得很有意思，也是一种享受。我想起三十多年前在城头上，穿了件新棉军服看年青女人情形，我那时多爱那些女人！这些人这时也许都做祖母了，我却记得她们十五六岁时影子，十分清楚。现在这些女学生，我看过几回后，也常常好像对口口有兴趣，只想看她们怎么□□，怎么抖气，怎么又和好。其中有肥嘟嘟如萧 × 太太的，有干瘪瘪如姜什么的，有长得极美丽，说广东话，我猜想她一定是学牙医，很愿意将来在什么牙医院再见面时告她，什么什么一天她们在瞎谈文学，我却一个人在瞎想。

我一到写什么时，就似乎还和一个廿岁的人一样，想起在青岛小松林中时那一对小毛兔，好像还在等待着我们去看它们。其实那地方或者早已成新住宅区了。尽管成住宅区，那林子中一切我还布置得出。人的记忆和想象真是一种奇怪的东西！试到什么图书馆去看看，属于文学部分的作品，汗牛充栋的作品，差不多全都是“记忆”和“瞎想”结合产生的东西！也许除文学外还能产生别的什么，惟绝对不能产生睡眠，因为一“记忆”和“瞎想”，睡眠就被赶走了。

天气已转晴，相当冷，我的小棉袄已上身。

从文

下十点

致胡适

一九四四年九月十六日

适之先生：

七年不见，您的精神一定还如在武汉时。老金回昆明，从他口中略略知道先生近年来生活情形。自从先生离开大使职务后，有识者多以为是中美友谊上一种极大损失，觉得可惜。这种感觉在国外必然表示得更明显。但想想国内政治上种种，官吏尚总永远从外戚与阉寺身分上活动，且有变本加厉趋势，先生离开了外交职务，真正为中美友谊可尽的力，为人类可作的事，也许更多！今年这里“五四”，学校开了个文学会作纪念，有两千人到场。谈及白话文问题时，大家都觉得当前文学运动与政治上官僚合流的趋势，以及凡事八股趋势时，已到文学运动末路，更加感到当年三五书呆子勇敢天真的企图，可敬可贵。算算时间，廿年中死的死去，变的变质，能守住本来立场的，老将中竟只剩先生一人，还近于半放逐流落国外，真不免使人感慨！所以当时全体一致托金甫（杨振声，字金甫）先生为向先生转致敬意。金甫先生到美晤面时，一定会提起这件事情。（这种会，会中所表现的纯粹情感，似乎也只有这里学校可以见到，别的地方已不相宜了。）

我还在联大教书，住在离昆明卅里乡下。兆和为家事累了十年（尤其是近五六年，真要一个做主妇的精力和耐心）！体力和精神都还保留作学生时代的健康，因此在大多数同事都说受不了的生活情况中，我们似乎还可支持下去，一礼拜教十五点钟英文，还能充满兴趣处理家事。这里熟人种种，金甫先生想均有机会谈及。我们还希望他有机会谈谈他自己的事，因为有些事情，是您想不到，听来却一定极高兴，而且他在国外是只有和您可以谈及的。

七年战争影响到国内各部门问题，真是无从说起。至于新文学方面，便是做官的对于这个运动控制力的加强，政府要用它作点缀，因此学术奖金文学部门有个位置，可是得奖的却多是些不相干的作品。控制力虽加强，运用方法可并不进步，因之国家出钱编的书，办的刊物，还是不大有销路，内容也不见好。在野左翼依然要运用文学作宣传，也并无何等好作品出现。自由主义作家，已到无单独刊物可供发表情形，又因作家与商业关系不正常，不容易靠版税生活，因此多搁笔。朋友中成绩好似乎还应数西林先生，战后很写了几个戏，只是热闹不起来，近来像是又不干了。之琳写了个五十万言长篇小说，成功后又在译写作英文。健吾虽还在上海，闻努力编《法国文学史》。萧乾在英国，闻极用功夫读书写作，战后邀他过北大教书，一定是把好手。叔华也写了个长篇，似未完功。一多在把近廿年新诗选译作英文诗，过不久或有结果。我的作品经整理印了卅个集子，已印出八本，不凑巧有个检审制度，旧有的常被“不合战时需要”删扣了好些，出不了版，新的涉及战事的，又因另外原故，有几个出不了版，只好等待到真正天下太平时再看去了。

最近联大一个英籍教授白英先生，与同学金隄先生，同译了我廿个短篇作英文，内中计有《习作选》中一部分短篇，加上那个《边城》，预备在英美分别出版，今年或者即可付印。这本书内中各个篇章能产生和读者见面，得力于志摩、通伯、西林、今甫、徽因、叔华、宰平诸先生鼓励甚多，关系更大的还是先生。

这本书幸而能译成英文，内中多涉及中国农村与兵士平凡哀乐，给英美读者印象，很可能与其他现代中国小说（如林语堂、熊式一及其他人写的）内容不大相同，要国外读者相信这也是中国的事情，最好的一个介绍者、说明者，也只有先生。所以希望先生能高兴为写个短短英文序言，放在书上，让这本书因您的序文，给英美读者一个较新也较正确的印象。序文若不太占先生时间，短时期能写成，分别寄过附来两处地址，感谢得很！这本翻译的出版若成功，大致还可望继续译一个短篇选集，和一个与战事有关的长篇新作。在国内，到目前为止，我还无法靠合法版税支持最低生活，将来也恐怕无多希望。译本在国外若有相当销路，对于我此后廿年工作，实大有关系。我希望因此有机会到美国看看，住二三年，或自费，或在需要教“现代中国文学”的什么学校，担任这个部门的课。因为在国内大学谈这个问题已近十年，解释它的过程得失及作品得失时，还有条理，美国人真需要对这个问题的过去与将来有所认识，我作这件事情，一定尚能称职。兆和又还充满读书求学兴趣，她若可用我在美国应得的版税读两年书，将来或许也可在翻译上有点成绩。

我们期望生活有个转机，不是活得比当前更舒服些，只是活得比当前更有用些。在国内也许真如什么人说的，业已落后，追赶不上时代，成为无用的人了，但在另一方面，精力可见出价值和意义处，说不定正多！用我平时态度写战争，写我极熟习的湖南人对战争的种种，在国内很显然即不大容易得到付印机会，然而若翻成英文，似乎又很可能让国外读者对东方在应付战争的中国人生活与心情能脱离宣传味有所理解，这理解不仅有益于外国人，也有益于中国的！我希望这信寄到美国不久后，可得到先生一个回音（信由联大转，可收到）。

我们在这里过的日子是挖土种菜，磨刀生火，生活虽琐碎，并不痛苦，但想起与生活离得相当远的国家社会种种，却不免难过！

专颂健康

从文 敬启

九月十六日

兆和附笔

此信曾发表于中华书局1979年5月版《胡适来往书信选》中册。

致吉六

一九四八年十二月七日

吉六先生：

你文章因刊物停顿，无从安排，敬寄还，极抱歉。大局玄黄未定，万万人民在痛苦中挣扎喘息，决不是可以长久如此搁置冻结事情。一切终得变。从大处看发展，中国行将进入一个崭新时代，则无可怀疑。用笔者求其有意义，有作用，传统写作方式以及对社会态度，实值得严肃认真加以检讨，有所抉择。对于过去种种得决心放弃，从新起始来学习，来从事。这个新的起始，并不一定即能配合当前需要，惟必然能把握住一个进步原则，来肯定，来证实，来促进。人近中年，情绪凝固，又或因性情内向，缺少社交适应能力，用笔方式，二十年三十年统统由一个“思”字出发，此时却必需用“信”字起步，或不容易扭转，过不多久，即未被迫搁笔，亦终得把笔搁下。这是我们一代若干人必然结果。如生命正当青春，弹性大，适应力强，人格观念又尚未凝定成型，能从新观点学习用笔，为一进步原则而服务，必更容易促进公平而合理的新社会的早日来临。这也就是你们必取的途径，这新的理想社会，很显明，不仅仅是战争完结和平来临即可顺利产生。社会还有矛盾，社会中那个“人”更会形成种种矛盾，矛盾难平衡，还必需经过种种消耗淘汰过程，一再修正又一再调整，方可望于平衡中使下一代年青人热情、理性、计划、经验，各部门各阶层工作相互配合，得到正常发展，为国家带来一个崭新伟大时代也。目前一切存在，都得有个结束时。作家新的课题，将必然是在这一个新原则下，对更年青一代，给以种种新的鼓励，使之各在分定工作上，充满热情和信心，来各自克服面前困难。国家社会能在一个合理管制领导下向上向前。万千人必忘去过去仇恨，转而为爱与合作，一致将热忱和精力为新社会而服务！这是拥有五万万人民国家进入历史新页的一个必然步骤。试想想，需要有多少专家来设计，来督工，来服务！也需要多少健康优秀文学作品，来督促，来鼓励，来讴歌！你文笔很好，若用处还依然限于个人生命印象的温习，未免可惜。手中一支笔，很需要作一回严重检讨了，如检讨结果，有对于自己过去作完全否定情形，也应分担当这个否定过去的痛苦，来重新迈步。有些事自然不易习惯，有些事终可望慢慢学好。只想想，另外一片土地上，正有万千朴质农民，本来也只习惯于照料土地，播种收获，然由觉醒到为追求进步原则，而沉默死亡，前仆后继，永远不闻什么声音，这点单纯的向前，我们无论如何能把自己封闭于旧观念与成见中，终不能不对于这个发展，需要怀着一种极端严肃的认识与注意！

试为重造自己来作一点努力吧。即觉得所习见学习方式，不容易与平时习惯相合，也得放弃了这个本来写作情绪，作一些新的尝试。为的是一支笔既还要用，还能用，学习用到大目标上去，实在合理多多！

旧的社会实在已不济事了，得一切重作安排。权利和义务，人和事，道德或法律，在一些新办法未确定以前，终得有一些新的看法。在这个社会由分解圮坍到秩序重得过程中，中年一代既由于种种问题难适应，可能会要牺牲大半，也不妨事。因为这些人大多已年在四十至六十之间，四十年内忧外患，各有一分，一颗心都磨炼得沉沉的。在个人工作上，为国家为职务，已各尽了所有能力。即以作一个公民而言，也很像个公民。不幸的是社会发展取突变方式，这些人配合现实不来，许多努力得来的成就，在时代一切价值重估情况中，自不免都若毫无意义可言。这其中自然有的是悲剧，年青人能理解这悲剧所自来，不为一时不公平论断所蔽，就很够了。

重要处还是从远景来认识这个国家，爱这个国家。国家明日必进步，可以使青年得到更多方面机会的发展，事无可疑。只不过进展方式，或稍稍与过去书生所拟想的蓝图不甚相合罢了。一切历史的成因，本来就是由一些抽象观念和时间中的人事发展相互修正而成。书生易于把握抽象，却常常忽略现实。然在一切发展中，有远见深思知识分子，却能于正视现实过程上，得到修正现实的种种经验。从五四起始，北方文运传统有个一贯性，即沉默工作。这个传统长处或美德，有一时会为时代风雨所摧毁，见得寂寞而黯淡，且大可嘲笑。然而这点素朴态度，事实上却必定将是明日产生种种有分量作品的动力来源。不要担心沉默，真正的伟大工程，进行时都完全沉默！

卅七年十二月七日

这封信是作者保留的废邮存底，曾在“文化大革命”中被抄去。全信曾以《给一个写文章的青年》为题，编入岳麓书社出版的《沈从文别集·月下小景》一书，于1992年12月首次发表。

致刘敦愿

一九七一年二月三日

敦愿同志：

一别多年，工作生活均在念中。得近信，知学校已西迁曲阜，且将参加整理曲阜孔家新陈列。两校人材济济，凡事驾轻就熟，想必可望进行顺利。

前不久得北京来信，曾言及总理曾对文化部王冶秋局长有指示，“务必将‘故宫’与‘孔子’展览搞好”。因为是相互为用两大封建堡垒。至于如何搞法，始能达到要求，曲阜方面想已定下计划得到核准。以弟私意看来，故宫比较容易，而孔子历史处理，却比较困难。因主席指示中即提到由孔夫子到孙中山宜好好加以总结，是则势必有否定的一面，同时亦宜有肯定的一部分，如何陈列面面俱到，矛盾统一于一个陈列中，提法上即费人心思，尊示说，三月即将提出参考资料，不知已有准备如何。若要求只是从现实出发，根据过去陈列加以补充，问题不大。若照总理指示办事，大致时当想得放长一点。草草出笼，返工必多。因据弟多年来协助美工组同事搞历史画经验，一般美工同志要达到“仔细认真吃透参考材料”，不大容易。原因为不仅理会了人物衣着形象即完事，还有环境配搭，花花朵朵、坛坛罐罐、刀刀枪枪、桌子板凳事物还多。

过去曾和一有名人物画家同搞一历史画，画明代农民，这同志为凑趣在腰边加一烟管，地主佩个眼镜盒，告他真正近于“画蛇添足”，还发生争持，后来才明白这种种只能用于乾隆以后，清初一般地主和农民还不能这么享受，才哈哈大笑而散。事实上一般历史讽刺画，自然不可能对于画家要求那么严格，但主持其事的，工作那么认真仔细，还是有必要！讽刺画也必有严肃态度去处理，效果才会更好！

我到乡下来已一年多，因血压经常在二百以上，并且心脏也已经不大顶事，因缺血缺氧而常在隐痛中。既无劳动力，承组织特别照顾，所以和此前老弱病三户，单独住双溪区一个四无居民的丘陵高处。离县城约五十里。地方系农业成熟区，出米和猪肉、鸡蛋，蔬菜也好，因此供应还不坏。距干校重点向阳区，还约百里。那边则近似拓荒区（系大湖旁，也离县城四五十里），文化部有五六千人在日夜苦战中，和弟等住处情形大不相同也。

史同志也在彼处，亦常有信来。虽相去不过百里，交通殊不方便，一般得一天时间，雨中且因由县到大湖无车，延长三四天亦有之。内地交通似如此。惟干校经过同志二年艰苦奋斗，今年可耕地闻将扩大到五七千亩，一得丰收，面貌必将大变，可预期也。

在此已无一书可得，仅余资料数箱，亦因地方过于潮湿，不敢开箱。且因心脏不大得力，房中长如在冰箱里，手足均在冻僵状态中，因此仅能就记忆所及，点滴零星，写一草目，计共五十六项，重点在宋、元、明，大都比较容易得到的。比如能去历博（历史博物馆）资料室或图书室查查，不大费力，有些已有照相或印本，大致即可得一印象，就需要知所取舍。

又，弟在六年前曾编有“服饰资料”图像二百页（人形约一千单位），已制版，未付印。在历博可能还存有一份底子，如去京，向历博资料室问问这份材料，如还保存，可以看看，对工作可能有些启发。见闻鄙陋，难副尊嘱，极感歉仄。

陈列大纲，如已印出，将来能见惠一份，供学习用，实深感谢。

敬复，并祝学习进步、工作顺利、身体健康。

弟 沈从文

二月三日

适从病院中刚出不久，心不顶用，手易发抖，草目字迹零乱，请原谅草率，幸甚。清代材料过多而又易得，不如用晚清《官场现形记》及《点石斋画报》插图，似还得用！

你文恐得就大公报馆或北图查看。

原载《温故》第九辑《沈从文1971年致刘敦愿书简三封》，王任、刘陶整理并考释，广西师范大学出版社2007年9月出版。

编后记

沈从文（1902–1988），是我国著名的现代作家、工艺美术与文物研究学者。他从边城走向世界，闯荡文坛，自成一家，“我要表现的本是一种‘人生的形式’”，一种“优美、健康、自然，而又不悖乎人性的人生形式”。文学艺术成全了他的人性书写，也延续了他的生命光辉，他也因此而不朽。

2012 年，我第一次到了沈从文的故乡——湘西凤凰。隆冬时节，大雪纷落，长河不尽流。夜宿吊脚楼，耳畔是窗外沱江的水流声，难免令人想到这流水对沈从文的影响以至他那水一般的性格。“我感情流动而不凝固，一派清波给予我的影响实在不小……我认识美，学会思索，水对我有极大的关系。”上善若水，至刚至柔，兼容并蓄，洄流激荡，这就是水的柔韧与刚强。20 岁之前的乡土体验影响了他的一生，家国记忆和人性美丑，都融进了他的笔墨。恬静的美景，边城的牧歌，无辜的屠戮，战争的残忍……历经种种歌哭哀乐，他读一本小书同时又读一本人生与社会的大书！

在被斥为“反动作家”之后，沈从文进入“转行”的后半生。历经雨雪风霜，他埋首于文物、工艺美术和物质文化史研究，成为对后世影响颇为深远的学者。其实，他对民族民间的历史与艺术早已倾心，渊源有自，甚至他对文物的兴趣比对文学的兴趣还要早。他晚年坎坷，默然隐忍，自居边缘，沉醉于历史之美、文物之美、工艺之美，“花花朵朵，坛坛罐罐”，又何尝不是一种解脱与遣怀？正所谓“照我思索，能理解‘我’，照我思索，可认识‘人’”，“不折不从，亦慈亦让；星斗其文，赤子其人”。沈从文一生恪守独立立场，不党、不群、不争。何况，对待功名利禄，沈从文一贯的态度是——“戒之在得”。

2012 年岁末，全国各地近百位学人到吉首大学参加沈从文纪念馆开馆仪式暨沈从文诞辰 110 周年学术研讨会。但是，沈从文的家人和亲属都未出席。沈从文之子沈龙朱、沈虎雏先生在发给研讨会的信中写道：“父亲在世的最后日子，曾对拟议中以研究他为专题的‘全国性活动’，做过恳切劝阻，认为‘写几本书算什么了不起，何况总的说来，因各种理由，我还不算毕业，哪值得夸张。’……我们认识到，他的文学作品也不是完美无缺，观念主张也会有自己的局限性，即使后半生倾注心血完成的《中国古代服饰研究》，后人也必定会做出更出色的贡献。沈从文先生的生命延续在他留下来的全部作品中……”如此朴素平实，如此谦逊低调，一如从文先生的为人品格。

本书的编纂，衷心感谢沈龙朱先生、沈虎雏先生的慷慨授权与热情支持。十多年间的多次拜会及书信往还，与沈家家人的交往，总给人如沐春风之感，诚朴敦厚的家风更令人感怀而敬仰！

“民国文学名家精选集”丛书得以出版，感谢恩师张桂兴先生的指教，感谢齐鲁书社陈修亮先生、许允龙先生的鼎力支持。感谢责任编辑的认真审校。感谢诸位编者付出的辛劳。限于水平和时间，本丛书或有缺憾之处，谨请读者指正。

编者 王任

2016 年冬 记于旧闻斋

图书在版编目（CIP）数据

沈从文精选集 / 沈从文著；王任主编．—济南：齐鲁书社，2017.4

（民国文学名家精选集）

ISBN 978－7－5333－3743－8

Ⅰ．①沈… Ⅱ．①沈… ②王… Ⅲ．①中国文学－现代文学－作品综合集 Ⅳ．① I216.2

中国版本图书馆 CIP 数据核字（2017）第 043493 号

沈从文精选集

沈从文 著　王任 主编　本册编者 王任

主管单位	山东出版传媒股份有限公司
出版发行	齐鲁书社
社　　址	济南市英雄山路 189 号
邮　　编	250002
网　　址	www.qlss.com.cn
电子邮箱	qilupress@126.com
营销中心	（0531）82098521　82098519
印　　刷	山东临沂新华印刷物流集团有限责任公司
开　　本	787mm × 1092mm　1/32
印　　张	8.5
插　　页	4
字　　数	143 千
版　　次	2017 年 4 月第 1 版
印　　次	2017 年 4 月第 1 次印刷
印　　数	1–5000
标准书号	ISBN 978－7－5333－3743－8
定　　价	**28.00 元**